身如琉璃

冬千　著

中國華僑出版社

·北京·

图书在版编目（CIP）数据

身如琉璃 / 冬千著 . -- 北京：中国华侨出版社，2023.9

ISBN 978-7-5113-9048-6

Ⅰ . ①身… Ⅱ . ①冬… Ⅲ . ①诗集—中国—当代 Ⅳ . ① I227

中国国家版本馆 CIP 数据核字（2023）第 125836 号

身如琉璃

著　　者：冬　千
责任编辑：姜薇薇
封面设计：武汉景行仰止图书有限责任公司
经　　销：新华书店
开　　本：880 毫米 ×1230 毫米　1/32 开　印张：7.625　字数：142 千字
印　　刷：武汉鑫佳捷印务有限公司
版　　次：2023 年 9 月第 1 版
印　　次：2023 年 9 月第 1 次印刷
书　　号：ISBN 978-7-5113-9048-6
定　　价：58.00 元

中国华侨出版社　北京市朝阳区西坝河东里 77 号楼底商 5 号　邮编 100028
发行部：（010）64443051　　传真：（010）64439708
网　址：www.oveaschin.com　　E-mail：oveaschin@sina.com

作者简介

冬千，本名刘锐，2006年生于昆明。云南省作家协会会员，昆明市文联签约文艺家。作品见于《滇池》《南方文学》《诗歌月刊》《江南诗》《石油文学》《中国校园文学》等。

序

给一个十七岁的少年诗人写序，我发现自己如此理屈词穷——他惊人的才思和非凡的语言能力，让我既不能以中年人正常的思维去阅读这些诗稿，也找不到妥当的评价者身份冷静地对他的诗歌进行客观辨认。如同在梦中接待陌生的访客，他狮身人面、亦仙亦佛、半妖半人，少年的嗓音传达着一头老狮子的想法，而且这多重身份中的任何一个身份都具有不确定性，谁都不想让我抓住，我从佛找到仙，从妖找到人，怎么找都不得体。

去往油坊途中，穿过一片山杨柳。
树脂纷纷落下，黏在地面，
仿佛结过的冰正在融化，
踩过去时，跫音变得清晰。

意识尚在，尚在这清冷之中，
而声音应和着那片树林。

一个源头正在发生，神秘的酿造，
气泡发出噪声，像引擎
催动着树身里的胶质，他确信，
有种潜在的力量正在支撑一个神秘的过程。
油坊里的榨油工人沉浸在劳作里，
力量显形，萃炼着橄榄。
果核被碾碎，残渣中渗出
金黄而透亮的汁液，
缓慢的速度仿佛脸上的泪滴。

一切尚在，尚在意识的成形之中……

汗水在裸露的脊背上结晶，肌肉
涌动着，像有一种力
仿佛磨坊里的灵魂一样不可测度，当
黏稠的油脂滤过漏斗滴下，
显影出一种内心的，不断的劳动，一把铁锤
将被人从工具房里提到后院，
变成清晨树林里的音箱一样轰鸣。

一切尚在，尚在成形之中，
又像意识一样永恒……

这是他名为《一切尚在，尚在成形之中》的一首诗，抄在这儿，不是借机说他的写作“尚在成形之中”，也没有把他的写作看成“一个源头正在发生”的意思，确实还是想强调他“仿佛磨坊里的灵魂一样不可测度”。成长期的写作或向上成长的写作，这两个概念我们可能会用在两个不同的写作者身上，而且两者完全不在同一个精神层面或年龄段，但似乎都可以用在眼前这位少年身上，他的写作及数量惊人的作品已然掩盖了他真实的年龄。2023 年《滇池》杂志某一期以专辑的形式推介其诗歌，之后不久，楼河将少年诗人领到我的办公室来——毛茸茸的少年沉默得像头小马驹——我始终难以将那些诗歌和眼前的人联系在一起，不是不相信他是那些诗歌的发明者，而是在那些诗歌和他之间我仿佛看见有一堵高墙隔着，要把他们看成一个整体，我得多次翻越这堵高墙。

在与我私下交流中，楼河是这么评价少年诗人和他的作品的：“冬千是个非常年轻的作者，也是个才华型的未来诗人，他能够适应不同主题和形式的写作，既有那种青春洋溢充满想象力的作品，也有思想沉潜的现实主义之作。他对诗歌表现出了很强的写作抱负，但同时，这种抱负被一种对世界的感情所节制，因此没有表现出对个人特性的过度张扬，而是将它们转化为对生活的善意性规划。”楼河同时还认为，由于观念所限和对世界认识不充分，少年诗人的一些诗作“控制力不够”，尤其是在结尾的处理上显得“犹豫不决”并因此弱化了诗歌开始阶段给人带来的那份“期望”。另外，一些青春气息的诗歌节奏太强，显得过于轻盈，而一些像宋词小令的作品，尽管意象绮丽，形式感显著，但“太过于流行化了”。楼河的观察与分析建立在对冬千诗歌充分了解的基础上，摘录于此，有助于冬千参考、修正。但对这样的“良言”，我又觉得，如果我是冬千的话，我也不一定会悉数采信——少年时代的写作，历来就是一场不完美的写作实践与完美的写作律法之间的战争，打这场战争的意义就是为了把“不完美”变成“完美”，使之合法化。同时，战争带来的后果又总是让发动战争的少年明白：“完美”一直是相对的，不确定的，甚至是过时的。

冬千的战争已经开打，我且旁边坐下，眺望那硝烟之上盘旋的鸽子。

雷平阳
2023.6.昆明

目录

辑一

矢量咖啡

渴望真实

他把陈米研碎，一点点撒在苏枋树下
供家鸡和野禽啄食。他的儿子
刚领完圣餐回来，父亲的这一幕
令他以为出现了另一位上帝
也在擘饼。他们的爱，原来并没有被忽略。
今天是主日。太阳升起，巨大的熔金
被锻造为马蹄铁，或戒指。
锅里的水开始沸腾，他捞出
里面跳荡的鸡蛋，已被晨光染成红色。
窗外弥漫着与室内同样的雾气，
阳光在上升而虚无的烟尘中分裂，
洒下均匀的能量，仿佛为了自然的公正。

圆通山，圆通寺

那头长颈鹿在春天的某个栅栏后消失
我相信它是我喂大的。

九点一刻后的周末，孩子们
陆续向动物投喂面包糠和熟烂的水果。
我独自倚坐。总在它们的午睡时刻，
在最近的长椅上，似乎是我，而不是它们，
享受着它们的饱腹感，
并把自己的孤独分它们一半。

那头长颈鹿易于失眠，每次我闻到
动物身上的气味而咳嗽时，它就起身
朝我探头，它的睫毛低垂，
像一种厌食情绪，“天长日久
他也习以为常，然而内心深处的
不快总搅得他不得安宁”[①]。

我们之间的眼神交流变得沉默，
我总喜欢挠它的下颏，像小时候
亲疏的老人们摸我的脑袋——它在他们心中，

也许和长颈鹿没什么区别。

不可否认的是，在它
舔舐我的手背时我真的这么想过，
甚至开始容忍它的不幸：
它被囚禁的命运，它粗糙和熏臭的身体
无法被大自然洗净。这瞬时的感受
让一种冷漠的感情向着这些动物袒露。

复苏一个皮肤在低温中冻得绀紫的人，
她只在梦里说着心悸，说她
还不肯让出爱与被爱的权利。

动物园的另一个方向，圆通山后
是座古刹，那些香客战兢的虔诚，
令我不愿以同样的姿势去朝圣任何神祇。

殿内的法师教我念了几遍往生咒，
再要我复诵一遍 “娑婆诃”。
殿外一阵钟声随夕阳袅袅落在城郊
公墓的碑群里，仿佛在提醒我
那头长颈鹿的存在：
喂它以值得托付之爱，和一半余生。

是的，寺院的另一个方向是动物园，
那头长颈鹿在栅栏后的某个春天消失，
我相信它是我喂大的。

①弗兰兹·卡夫卡：《饥饿艺术家》。

丰水期

当高原的丰水期来临，
红土上的植物却与我的身体一同在消瘦。
那病后初愈的第一天，
我们去果园采摘芭蕉。
飞扬的桐絮让我咳嗽不已，仿佛
戴着鼻氧管的睡眠，
在梦的蛊惑下仍旧在胸腔的肺泡里
搅动。不息的潮音。
低矮处的芭蕉依然十分青涩，
只有足够的耐心和充分的体力——
以及一副痊愈的身体，
才能爬到高处采集成熟的果实。
也许我还需要那台制氧机，
即使在白天这个晴朗的上午，
在同学进入初恋的青春时节。
让我听着他们散步的跫音，
就像躺在山坡的草地上感觉月亮的引力。
丰水期已经来临，夏天
就要结束了。如果明天的天气依然晴朗，
今夜的山间就会泛起冷霜，

就像家里的那个中年维修工人
蓝口罩后面的两鬓。
山下的梧桐翻舞着宽大的叶片，
整个世界的农民此刻都沉浸在收获中，
劳动着他们弯折的身体。
月亮盈亏，悲伤或怜悯，同样增减不定。

一切尚在，尚在成形之中

去往油坊途中，穿过一片山杨柳。
树脂纷纷落下，黏在地面，
仿佛结过的冰正在融化，
踩过去时，跫音变得清晰。

意识尚在，尚在这清冷之中，
而声音应和着那片树林。
一个源头正在发生，神秘的酿造，
气泡发出噪声，像引擎
催动着树身里的胶质，他确信，
有种潜在的力量正在支撑一个神秘的过程。
油坊里的榨油工人沉浸在劳作里，
力量显形，萃炼着橄榄。
果核被碾碎，残渣中渗出
金黄而透亮的汁液，
缓慢的速度仿佛脸上的泪滴。

一切尚在，尚在意识的成形之中……

汗水在裸露的脊背上结晶，肌肉

涌动着，像有一种力
仿佛磨坊里的灵魂一样不可测度，当
黏稠的油脂滤过漏斗滴下，
显影出一种内心的，不断的劳动，一把铁锤
将被人从工具房里提到后院，
变成清晨树林里的音箱一样轰鸣。

一切尚在，尚在成形之中，
又像意识一样永恒……

在滇北想起史蒂文斯

松针遍山，垫出一道皮毯
尽头是那只松鼠的葬礼，它在冬眠中
安详离去。翁媪们最羡慕的告别方式
就是这样，在落叶厌世而枯黄之前，
他们获得了最后的安详，那决定性的情绪
把松针铺在厨房和餐桌上。
这些退到光阴以外的时针，会在老宅里
继续周旋各自的时间风暴，席卷着
记忆和皱纹。所有老者促膝而坐，
趺跏于钟面之上，仿佛唯有如此，
才能占据时间。一些更新鲜的松针
似乎是由史蒂文斯的坛子酿造：
被整理的松针一致地朝向了山顶，
预告着最终的秩序和结构。
但老人才不管这些，他们
用松针泡酒，已经不是
为了买醉，只是以此幸免于陷入沉默。
时间在发酵，坛子被藏在冰窖深处，
或许已经从田纳西离开，而松针
如果在酒精的醉意中连接了记忆

就会慢慢“生长鸟或树丛”。
过了除夕，老人们逐渐治愈了自己的病痛，
时间会在身体里空出更多位置，
去悦纳松花和授粉的空气。

如何命名回忆

穿过一片荆丛时，还想翻越栅栏。
那里有条废弃的铁轨，蒙蔽如晦涩的历史。
他们坐在潮湿的枕木上聊天，
想起一个男孩为了取下屋顶的瓦猫[1]
跳上已经码好的柴垛，踮起危险的脚尖。
他哭，也许不是因为摔伤，而是
他感到了梯子的颤动——柴堆
随时可能倒下。他们来回走动
一致认为，灾难无聊得大于双腿的地震。
钢轨上他们练习平衡，双臂张开——
仿佛两个空心的稻草人在风中摇晃
所幸内心还能克服孤独的蔓延。
终点设在一个岔口，再次谈论起
这里运过的煤炭、面包、烟草和炮弹。
两段交叉的旧铁轨与植物合辙，
他们低头翻找碎石下的鼠妇和别的东西，
几枚锈螺丝也让他们感到了沸腾。
林木在尽头坍落，松鼠沿着树皮的
轨迹，找到树洞里的坚果。

它最喜欢的一颗。

①瓦猫：云南民俗中的一种镇宅神怪，陶土制成，相传可以吞噬四方鬼怪。

访螳螂川

铜铸的转经筒被他推动，内部有经文
如心灵的豆萁，被地球的重力磨细。
他的内心充满湍流，神秘的能量
也会吸引河石从深处浮现。
这个下午，他看到细小的游鱼
陆续且从容地穿过了网眼。
但当他走到岸边，凝望
石头垒起的火堆被浇灭，似乎领悟了
这堆石头并非玩世的象征，而流水
已经超越了雕刀，在它们表面制造出新的文身。
她们潮湿地歌唱着，
如塞壬拒绝着漂流而来的不幸。
一个喇嘛经过这里，皮肤铜黄
仿佛黄昏带来了回忆的锈迹。
他会递给他一个苹果，并在他的头顶摩挲。
深陷的果蒂像个空洞，让意念
在虚无中追寻一个出口，
仿佛旋转的经筒早已是个宇宙。

与幸福立约

他们的脸仰露于温泉的水面，
在硫黄味的空气里呼吸。
石腹温暖，湿润，仿佛子宫里，
母性的幻觉令人压力渐消。他第一次
举臂接住水球时，发现手指正在起皱，
而猜测，浸湿的身体变得成熟。妄念仅在一瞬。
“那是它在提醒你，它充满渴望，”
母亲为他解释，“而长大是残酷的，
有时比石头被滴穿更难忍”。
似乎爱在不可逆地减少。水汽，
大面积蒸腾。上空有虹光显现，
一道约定的弧线，给人世留下记号。
令人下沉的负荷正在消失，它们
如氢气球般充盈，飘向更高的蓝色深渊。
他们从未考虑过，拥有
一旦开始，便逐渐离去。

燕子洞

溶洞口的顶部围满了蝙蝠，
就像天堂的守护神原来是一群魔鬼。
游客们鱼贯进入洞穴，
快艇的螺旋桨叶在黢黑的水面发动漩涡，
以风暴的动力把我们送进幽深的寂静之中。
我们必然是脆弱的，
翻飞的蝙蝠在黑暗中引路，
倒悬的石锥在头顶遍布着威胁。
霓虹灯闪动着怪异的倒影，似乎
任何一个声音在这里发出
都会被放大成恐怖。
紧紧握住船舷，等待风暴渐渐止息，
直到深处的孔隙投射出一线天光，
仿佛黑暗的太空里
仅存的唯一燃烧的恒星，
为宇航员深切的凝望带来一丝希冀。
也许是遗忘给我们带来了快乐，
就像安德烈·辛亚夫斯基的话语：
“你可以吃无盐的食物而不死，但正是盐
赋予生命以活气。”

矢量咖啡

扫过咖啡店柜台的一瞥，
我想起滇西的咖啡树，树后那座
天主教教堂，每个礼拜，每个不同愿望的人
仰视穹顶，在胸前画十字；
唯一的牧师用蹩脚的土话
领着唱诗班的牧童们向着高窗祝祷。

除了咖啡树后的教堂，其他都源于
我的虚构。或许那片僻静的土地
曾经存在过类似的信仰，
但这些年他们却一直在河水中扎染，
为群山绣上云朵和残雪，自在得
仿佛一头肥膘的母羊舐着牧女的白绒帽。

书店的对面就是整个世界。
几辆轿车在雪霁后驶过，一小片
雾灯光晕，如天使在恩赦什么。

半匙咖啡豆里，隐约看见童年的电视机上，

工人大厦正被破碎锤的巨型铁球拆毁，
而镜头下的老者向摇摇欲坠的建筑行注目礼，
就像语言发出了叹息。“另一个词也如此，铁锤们
将在大地抡舞”，[①]诸神之下的西西弗斯
让一块巨石从自己身上滚去。

我慢慢停下搅动，在唇缝和杯沿之间
留下虔诚口吻。升向高空的塔吊
正在绘制时代的天堂，而失眠的人们
却在描述天堂的梦魇。

为了缓和思想的紧张，一只鸟的箭飞
形成了一道艾宾浩斯的曲线：
记忆或遗忘，不过是
肉体与灵魂的裂纹里那尾如彗星的光。

①保罗·策兰：《花》。

在滇西淋雨

云忍住了人间以外的泪水
天空的悲剧性
在季候的音色中由弱渐强
水分过剩的云朵
与一队驮回茶叶的白马的疲惫臀部
构成巫术般的透明镜像
光路是可逆的，夜晚
准时莅临
另一端的亲人们沿着星光，能够
看清我们在看清他们，并在暗中
为我们向命运赴约。

不远处的草垛后， 一头母羊
在妊娠，繁衍的阵痛
和阵雨的雷鸣在生命中掀起
起伏的波澜，火山石
在解渴后失去爆发的记忆
草木潜滋时间暗长，乔木显露出
自身，干净得像隐居的健忘症老人
在山最深处，练习一群信鸽，甚至

没有目的，直至抵达彼岸
直至没有什么可以失去。

为了躲雨而疾跑的过程中
我扭伤了脚踝，伤情与童年的蹦床
类似，那些富于感性和弹性的事物
被我一度信任，尽管把我一再伤害
“诚觉世事尽可原谅”
深谙死亡的未垦荒地
已经忘掉一个未竟之谜，以及谜底。

又是一场阵雨
埋下马铃薯、哑雷和软骨的土壤
被冲去一层，只存在于记忆的光影
也被冲淡一层。
闪光迎面劈下，我紧闭双眼
有些事物被分为两半，另一些也因此完整。

羁乡辞

乌云凝重如冬菇，压抑着各种饥饿
粮仓里积满女人的皱褶
她们厌倦了采撷再植入的生活，
就像妊娠纹的疼，生长在山脉里，
一片羚羊的心理阴影，那里没有
误坠的死亡会熔化，积雪草
埋葬了所有昆虫，它们搬运过松果
麦芽糖和蝉蜕，始终没有见过候鸟
从生到死，只是向南的迁徙。
而影子南偏的时候，石头成了日晷
孩子们在这样的森林里，架起秋千
直至斜阳落入他们荡在空中
就能够到的地方。村尾的寡妇，
为她的小儿子，水煎着一些
苦涩的植物，还有牡蛎壳
蘑菇疯长的季节里，雨是神性的
慈善家，而平房屋顶足以承载的只是
少数部分，蓝色的火球如此温暖
靠南那面墙已经在发霉，空濛而如
柳絮的菌落，在更孤僻之处，必然
有一座烟囱，是黑色群象在守候他们

南屏街

繁星是这座城市的集体记忆。
我们在买卖中，不计盈亏，如此相爱。
而黏附时间的夜景，如一瓢芝麻糊
在小贩的吆喝和孩子的心愿之间流淌。
夏天温驯，蜜月中的情侣解开
外衣的一排纽扣，不再含混其辞
天亮之前，月亮会为我们坦承一切
我们像天平的两端，为了自己
和托盘，一直在昼夜中持衡。

擔水记

夜中之井，像小瓶墨水
返乡的长子们，钢笔的笔囊
被蓝色挤满，那封未寄未拆的信
字迹聊胜于无，淡蓝的
静脉，空巢中老人的静脉，
曲张成帆脚索的形状
仍在淡水湖中，惦记着孩子的
衣物和下顿晚餐

人生如逆水行舟，有些时候
他们也希望嫡系的竹筏
被冲溯，回到源头
像一条独木舟，重新长成
树林里的母体。
子嗣们喜欢坐在井栏边
掷下石子的回声，
祠堂里，曾经凿井栽树的那些祖先
答应了他们一桩多年未遂的心愿
倔强的井底里，那块石头
多么孤独地在挣扎，多么孤独

暴雨岿然不动

莓苔薄白，像安静的病人，发生在
卧立运河前的石拱桥面，对称的
黑色曲线，像巨大的琴码，以支撑
硿然的造物之声，赞美或悲悯
抱石而枕的农夫们，梦见了泄洪的缺口
被蛙鼓柔韧地缝合，成双的孩子们
拎着漾满蝌蚪的红塑小桶，循声而去
蛙群在若隐若现处，毫无规避地求偶，
充满慌张和侥幸，男孩故意踢翻
水桶，蛙的前世，如涌泉般一泻千里，
情窦初开的少年们从雨幕中退场，
此刻，他们理解了自然的澎湃甚至尘嚣
雾气弥漫，越来越麇集的音域，他们
的身体开始受限，不时有雨水滴落头顶
就像从前的爱情故事，总是天花乱坠

在医院

输液室对面是醒酒室，
黄昏买醉的人在这里倒叙
他们的前半生。盐水和疾病
斟满了他们的身体，但生命
却以它的故事说出
“朝闻道，夕死可矣”，
似乎死亡在真理面前
平静得像个秘密。
每天在病房区认领自己的
处方、药瓶，苍白得
足以忽略医院里的
那一分钟的时差。
因此每晚返回病房
我都要校准我的时间，被我
抹去的那些片刻，已经够让
世上的母亲鬓白。夏夜
总是黑得太晚，邻床的婴儿
在麻醉失效的凌晨号啕，
血液在黑暗中回流，冲积后的
高原，是失忆的土地。

我揭开针头上的创可贴，揩去
哭声里的虚汗，生与死之上的鳞云
染上夜惊症。早归的梅雨
开始下了，
窗外有人撑起伞：每个人的
记忆，都是一座喀斯特石城；
每块石头，终究也会凋谢。

火山石

历史是多么有限的空间，而一次爆发
握紧双拳的巨石将膨胀，出口变得狭隘
作为一种孤独的存在，绝对地成为
倒影的面具，火塘假装是镜光，使牛羊
和牧歌的方言由此清亮，偶尔我也
坐在石上，不停更换坐姿，找到最痛的
那种，像鹳鸟啄住了一只木笼，两块
虫蛀的拼图，裂纹在吻合的须臾
就奠基了我们和余光仍有一道背影的
距离，为此我总往这座火山的一小
部分灌水，熄灭无意中复燃的旧情
甚至植入了水藻，放进鱼缸，
我越来越讨厌做一个旧派的人
除了自己的所有事物，仿佛都在趋于
那个隐遁的极端，我早已习惯像潜浪
暗礁，独立而内敛着生命的激情
“牛蒡和猫头鹰外，别无其他珍物”

夏霁书

云朵撒下那些珠子，如此清澄又易碎
拥向土壤，以维持水的完整，
牛肝菌从湿透的木桩隙间
撑开了身体
像折叠的纸张起翅膀，
“让它自由，变成蝴蝶”
虫类世界的箴言，不止一次，
被我们用来安慰。菌群在低处
那些伞篷覆盖的，又是一个微茫
的世界，野蘑菇护佑着
鼠妇和蚂蚁，它们身怀知足的心情
迁徙繁衍，凭雨止渴
手持电筒的少年，出没在凌晨
谨慎地刨出菌菇，再把土填回去
并不是葬下什么，我们感恩
所有失去的殖土，转晴之后
山地松软，是净土放下了戒备

即将逝去的静物

花期已经脱落，那些枝柯光滑
那颗苹果核劈开了泥土，并膨胀
成为更深奥内敛的生命，线状的阴翳
平静如玻璃瓶颈，在淡忘水仙，花粉和蜜蜂
那将是繁衍与甜蜜的过程，虽然都在静止
并不意味停下。我久坐于巨大的
岩基中，沉默以喷泉的半径感动荒地。
蚁穴更寂静，我们怀疑生命的词根
存在一种更浩大的精神。这一切
源于那个从深处腐烂的苹果，重新抓住
阳光和时间，苦涩粗砺的枝蔓如那只造物之手
在赋予更多的沉静以力量。父亲面对
埋于桌前练习修辞的儿子，总告诉别的目光
我只希望他健康快乐，尽管没有什么永恒。

分水岭

爬上绝顶，面前是阳宗海
身后是松茂水库，曾经
欺负我的那些乌云也经过这里
雨滴在两条歧途上无法三思
曾经我们的郊游队伍也经过这里
我们分头去拾柴禾，我们一直
沿着泥流，边哭边奔跑，边犹疑
在距离不明的两片水域之间
架火取暖，柴焰像沉默中
挣扎的信号，直到今天
也没有灭，毕业后每当我登上
一座分水岭，似乎就听到
有人呼救，我躺在岭中的空地
想象大雾里一朵芳华不再的花
随风吹熄了淡水湖上的烟火
几缕烟乘风而起，在岭头见面

山雪贵如盐

雪选择落在那条国道上，围满了村庄
尾随着长途客车的载货队伍
运来无数袋海盐
忍饥的村民光知道是盐，趿着鞋
背走盐袋，他们把冬菜
塞进盐罐，把命运塞进漂流瓶
剧毒在空瘪的胃部涌动，许过的愿
旋即随之消失于水深处。
疼和饥饿，都忍住了
期限降临之前，负盐者掂量着
缸里见底的余粮
和那些踢猪尿泡的孩童，
恍惚间，脸上挂着黄粱和青稞，
他们捂住小腹
像芦苇在秋风里露了怯，扑翻淡水的竹箔
那些致命的盐，被他们珍贵地藏在窖底
直到最后的雪化在春汛中，
他们把这些秘密和父亲埋在一起，
朝另一座山起誓，这笔血债，
要用更漫长的冬季来昭雪和偿还。

重新绸缪一场雨

狂雨逐渐失去耐心，湖畔的出租屋
台阶像无人弹和的旧琴，被溅落的水
独奏，寒冷和更刺骨的孤独
对冷暖不知的人是种启发
习惯在环湖路散步，人行道抱紧了落英
覆盖的厚度提醒着人们添置衣物
衣橱被打开后，那些棉裤和羽绒服
或长或短，或肥大或短小
仿佛经历了我的每一副躯壳，
在尘锁的抽屉里，有外祖母的针线盒
扎破过我的手指，那滴猩红，如此温暖，
我的晕血症，第一次感到安全，
没有轨迹的途中，我不敢轻易抄近道
似乎一偏离，人生的脊髓就要受到
神经压迫。我的目的，是原地
不经打扫，不事雕琢。
从楼顶看去，整个水泊，在水里
像一只失眠的眼睛，重新绸缪这场雨。

倾巢集

那朵蔷薇顺藤而生，如果一直驻留
植物的声部在绽露的扩音中
像一座拱形的蝶紫舞池，当花萼
踮起脚尖，我们就多了一种母语

落英太过缤纷，像泼满视野的红花油
我们像失去气味路标的蚁群
急匆匆地，辨认
自己的鞋和方向

夕阳俯身掬起落地的红浆果，江面
在风的观察中变成刺猬般的干火绒
忽然冲动地想象北方
一双孤独的旧毡靴，像沉锚深入草海

我们究竟在挂怀什么

非登顶不可，也许真的
吃惯了反节令蔬菜
不能再顺其自然，顺其风向
纵横捭阖的高度上，
不像从前那样争着征服世界，
说服小贩。
被风吹皱的眉心和额头，
已经是我的所有语言
像一棵缅桂凌空长出，
涅白的悬念，率领
我们往内心深处
编花环的奶奶，永远在
蝉声的阴影里消失
戴花环的姑娘，
也紧随其后。

阳宗海

湖的身体，抱负是海水的
靠水而生的人，住在瓦棚里
可以好死，可以赖活着
湖滨的公路边，洗车店
钓场，水电站，盖了太阳能的平房
占满了水的建筑，每一滴
都是善良的
让人清楚，人世间的净重
和一只烟灰缸差不多
掬水在手，有时是白炽灯
有时是猪崽，钞票和鱼
掬月在手，每一捧都是善良的
私会的男女，在那丛深芦苇里
如释重负

容风止

从潮暗的火车桥洞爬过，仿佛
一匹被生活追猎的狼，仓皇地逃往
那片童年和自然共有的领地
沿着羊群辟出的曲径朝前走，
我像一只羔羊披在狼皮下颤抖
日渐魁梧的身材，让恐高的重心
狂曳着触手可及的每根荒草
乱石之间，无节制的贪念
终不得逞，当行者们悦纳了湖水
他们将在潮音里洗净鞋帮上
那些泥淖和羊粪，而咬紧不放的
是苍耳，要把它们携往对岸
在牛羊的蹄印深处，刨根问底
回声会传入它们的去向，
草籽在这里被风叼走，被土衔来
这注定是个悲欣允集的年代
尽管我们的一贫如洗，要永远
保留在此，信风挤满了湖底的泪水
像一种悲剧性的契约精神

刈夏令

割草机的刀片同样可以用来剃须
磨亮的刃口劈向那片草丛时凝为一道光
至少很多在泥层中挣扎的根茎
需要以弥补的方式，向接壤的事物
靠近和感恩，同样的时刻
一位新任父亲在镜中轻抚着干净的
下颏，身体自然地感到一种
对生活的冲动，比如返回院子，
推起割草机重新发现蚁穴
播撒提前捣碎的面包糠，闲置于
阳光中的机器，漾满了青草的
奶腥味，那些柔软的齿轮
在曾经洒落的夜色中构成无数个
般配的星座，让麻雀捕食和
捉住蚯蚓而欢呼的孩子
感到每种命运，都值得依托

街　景

银灰色的甲壳虫从黑色沥青上挤过去，
另一小支轿车队正驶过草丛的内部。
当时他坐在街角迷恋地嗅着
车辆来往时散出的气息仿佛乌鸢之羽
在引擎深处烧焦，它们和俯卧的古猿
一样庞大、危险，不停地喘着粗气——
运动变得更剧烈，它的尾部管口如鼻孔那样
放大，浅蓝的刺激气体冒了出来，
他感到兴奋那汽油的气味似乎从史前的
植物分馏得来，它们就在古猿嘴里发酵
从而充满了腐蚀的腥臭。“这一切都是
先于记忆的。”他如此形容有关嗅觉的印象，
并且确信汽车存在某种血统的可能。
匍匐的习惯是它们的肌肉记忆——
那些巨石亦如是被压在它们腹下。
童年时期他觉得那仅仅是好闻的，从未
发现它会与我们如此亲密，甚至产生
一种新的血缘与伦理。后排座的那些孩子
将橡皮泥捏成一只变形金刚——他们的乐趣
不再溺于如何为他的宠物猫和苹果赋形，

那些液体石蜡犹如尘土从神那儿盗来
现出轿车的缩影，现出它的人形。
甲壳虫占据了街道，无形的力量
在笼罩将我们与暴走的机械揉成一团，
他们摇下车窗以透气，接着沉下头继续
那桩小手艺最终捏出陌生的猿群，跨进房屋
在另一片森林里，攀上钢质灯臂。

腾州记

一

火山岩砌的荷塘 莲有火的妖冶
藕有水的澹泊 他们把屋室建得很低
马厩很低 说话声很低 仿佛
滇西的某个山麓 穴居着祝融 哪吒
来过这里 我们也算半个火的后裔
活在这里 决不迁怒于万物 也包括自己

二

赤身潜入热海 像是在水和火
两个不同的轮回里投胎
我们有我们自定义的乡愁 嫉恶
和痛

三

茶过三巡 彼此面孔淡得透明
有时候 世上没有牌匾

反而更亲昵些

四

坐在八角亭，反省瓦全在人间
的形象：琉璃 流离 留篱

五

客栈院里那两只家猫
夜间梦游掀下一片檐瓦
瓦片击碎梦里的我
梦里的我 抱着小时候的兔子玩偶
布绒小兔快被妹妹扯烂了
我忽然惊醒 我对那两只猫
怀有谢意 它们在夜里
守住了一个童年的完整
和一个孩子的尊严

六

雨中山果落 翁媪撷松花而去
或做糕 或酿酒 我担心松鼠
因此忍饥逃往他乡

把袋中剩下的松花糕捻碎

撒于林间 并没有太多悲悯

只惦记着如果有人导演唐朝剧本

“灯下草虫鸣”的情节

可以在这里取景

苦夜长

乌铜走银，淬出的火花像一道彗尾
被高原的黑暗铭记，
打烊的五金店上空，建筑工人们
在高空作业，加班到深更
今晚也没有人许愿，
猫群滚进垃圾桶，
几乎没有的动静，使卧室里的我们
逐次平息，22 点 52 分
某醉汉高歌从楼下经过，
23 点 16 分，狗吠，孩子在笑，
年轻夫妇，或父母，低声训斥
路灯刚熄灭，邻居夜班回来
关门时下手很轻，像有人
做着手势，对我说：嘘
怦然的楼道里，整个世界已微不足道
我也没有戴过耳塞
那些吵醒的声音，都有个幸福的嗓子

同　春

雪被阳光打薄，如一张信纸，
小砑之后，木桩受挫的心灵得以回正。
河水流动起来了，这透明的纸浆
在浣衣妇的分神和寒砧声间变白，更白。
她们的心事，在于屋顶一片破碎的瓦
如何被揭下，又如何
在漏水的雨天，安慰受潮的身体。
残瓦被摔碎的瞬间，她听到
久悬心梁的巨石，落下来。
碎片上的莓苔，墨青色，
在薄雪和浅草之间，变成
信中的一处涂改。
她在信末写道，“当光线照在
它身上，内心便燃烧起
一种花卉的热情”。

乍暖

雨滴沿着闪电的边缘漏下，
像无数绣球，抛给那群失恋之人。
设法找到那万物悦纳的力量，
使人信服，幸运永远大于厄运。
母亲撑着伞。直径变得宽容，
足够庇护一人呼吸行走
另一人周身未湿。
雨季即是花季。花坛中，
那么多欲燃的植物。
它们的热情并没有被浇灭，
绽放的力量，在雨水洼里溅起
无数水花。
孩子们也加入其中。水花越来越高，
就这一瞬，天真的花神显形。

知　音

大山里无数个小我在投入怀抱
大山里只有疯子歌唱
大山大得听不到回声
一到冬天，有的老人便不为停电和煤气
而发愁，而难寝
哭喊和鞭炮声无歇地赶上，远走的灵魂
似乎已经没有留恋
无数朵格桑花，马不停蹄地绽放
满意的微笑，点缀过苦命人的睡姿
雪下得多么操心啊，一回头
向南的大山里，无数个换牙的孩子
就发出惊喜而露风的尖叫。

无量山随想

一

云雾在绝顶处是无限的，受限的是视野。
而内心的生长尚未止步。归宗和尚如是说：
“须弥纳芥子，芥子纳须弥。”
古树的每片茶叶，都是这座山的微观历史。
沸水的放大中，曾经的茶农、樵夫
和他们的子女，面孔新旧，渐渐变亮
变清晰。壶口的热气更熨帖于心，
雨水和茶汤的缠绵间，我能体会到
一种母性的仁爱，从皮肤渗透至灵魂。

二

露营于仙人寨的旷野。松林里的树木
部分由于雷电、蛀蚀而轰塌。
偃卧大地的断木，在月光中
是一群枕戈的骑士。毕竟这也是
营盘山古战场遗址。那些石磨
饮马槽和舂火药的石坑

作为时间对自然的馈赠，慢慢被接纳。
再次透过苔痕，把它们一一认出，
似乎是一种真实而发烫的生活
在面对我们，以石化的形式，
静待我们勘探，甚至是融入。
帐篷外，我架起火堆，并期待着
孤立在石群和林间的鬼魂，
通过火焰的哔剥声，交流彼此
远方的妻女，及尘封太久的一切。

三

樱花谷的地形凹陷，犹如记忆的那些空白，
樱花谷，为我们弥补着遗憾。
冬天里移动的暖色，吸引着
御寒的人，在此抱团。
那些冬樱花，飞涌不停，如山麓客栈里
茶炉边沸腾的炭斗，盛满我们必需的
热情与激越。落红漫天，无情物，
有情人。偶然落下的雪，仿佛在冻土上
铺开一刀藤纸，用来承载那些
灿烂的洒金，足够旅人们容身的棚屋，
是新钤的木刻印。巨大的经卷中，
立身于风雪的樱树，多像一个披戴

红色斗篷的男子，在家族史的末端，
这样的一个雪天里，将乱世中
荒芜的内心，归还那块顽石。

在鸡足山下铲雪

多想静坐在窗前，两三个钟点。
没有别的事。等到岩石
在雪中露出破绽。
再等等，融化水声就会鼎沸。
高悬枝头的鸟类也会喧哗。

我趁机从体内掏出一个雪球。
击落一场关于孩子的雪仗，
伸手掏出，一把雪铲，
它的身体甚至比我更局限。
最后我从雪身上掏出，一块石头。
借寒意磨成一尊水月观音。
她用杨柳枝蘸雪，收拢了，
毫无头绪的争执，语言上的空愁。

我承认，要打捞风尘下的鱼儿，
就得撒下慈悲，撒下朝朝暮暮的钟声。
用合掌皈依的姿势去垂钓。
独自钓着江雪的蓑衣，
显得像一件圆寂的心事。

散步，于阳宗海之湄

骤暖。一些沙子在变硬。
被硌疼的人离开了。我们还在找蚌壳。
感到拾荒的徒劳。一只死去的蚌，
就是半只沙漏，永恒的合沓告诉我
时间是柔软的，只有我们在僵化，
像珍珠困在其中。跛行的
牧羊犬，不再从坡上向我奔来。
没有谁能把它召回，如童年般忠贞。
靠坐在环湖的石群中。
我早已倦于远游和解释，那些
睹物思人的片刻，被风化在一片
未被污染的滩涂上。那时我们
每人一瓶菠萝汽酒，倾尽后，
灌满湖水、碎石和螺壳，
朝夜色里一个锚定的方向掷去。
沙子很硬，我们在现实中保持清醒，
精确的疼痛，被我们认作未来的安全感。

演出在即

闪光的舞蹈课教室其实是枯燥的，
她安静地揉着崴了的足踝，
脆弱的一面在镜子里浮现让她想起
温室里的叶芽正在花盆上踮起白色的脚尖，
像她此刻的自己。她的努力被否定了。
因为她据说从未经历过真正的打击，
所以她的痛苦也被否定了。意志的暗示
现在用一个侮辱在鼓励她：如果你不行
那你就不配那些爱和那些美。

童话故事似乎发生了作用，她一度
为自己的软弱感到了羞耻，
想要重新走回聚光灯的中心。

但当她经过隔壁房间，吹葫芦丝的男孩
像蛙那样鼓着双腮，凸起的眼球
像内心里播放了一幕死亡喜剧。

演出在即她仍坐在梳妆台前发呆，
意识里的那个看花温室就是她全部的世界。

她的舞蹈追逐着音乐的旋律将永远
比同伴们慢了半个拍子，
仿佛她的错误其实是种天生的残迹。

辑二

鷗歌

练习曲

我听见太阳喧腾。正是夏天，
听见装运玻璃的皮卡，到达目的地时，
引擎屏住了呼吸。喘吁吁的工人
正扛着玻璃上楼，一直回避
我对隔音能力的质疑。
不远处的丛林中，火车偶尔笛鸣而过，
打断了我怀疑的思绪。
玻璃安进了窗格，房间——
整个世界仿佛都得以安置。
夜鸮不再为黑暗喊疼，枯萎的瓶花
似乎迎来了新的生机。
拉合窗面，如冰块沉默地化开，
楼下那辆洒水车，在虚无的轰鸣下抖动。
幻听经久未绝的幽咽，
更接近于寓言，寓意是
一日之寒，需要更多的冰块
以冷敷这个过热的世界。

漆 桶

提起漆桶和他钻进樟树林，
树干有一半已经被他刷上了白石灰。
这并非我第一次和他一起劳动，
但树林里却第一次出现了两个男人的身影。
他沉默，并卖力地
要尽快完成这件工作。
我欲言又止，想要告诉他
我近来境况和别的打算。
多年前我和他也来过这里，
树林里飘过我的笑声和他的训斥，
但时间竟然消磨了如此多语言，
让我们变得无话可说，或者
我们要说的话统统变成了沉默。
阴郁的天气在林中起雾，
枯叶踩上去就像石子在水面激起涟漪，
回声细碎而永无止息，
又仿佛很快会有场暴风雨。
漆桶里的石灰在不断的刷拭中
渐渐变得脏污，却始终如此沉重，
那睡觉用的鼻氧管也许应该带过来，

平息我的喘息和咳嗽。
他显然干得比我更快，他显然
比我更像一棵树，
也许身体的运动就是他的语言，
而沉默其实是我们的默契，
让他最后走到我的身边，
和我交换手上沉重的漆桶。

午餐经过典当行

快餐店门口的垃圾桶里，
一只猫在里面觅食，打碎的鱼缸
以残缺的姿态敞开自己，湿淋淋的
玻璃上有种记忆：猫、童年、厨房
和沙发上的父亲。生意
的确不景气，快餐店正午就到了打烊的时间，
店铺的卷帘门仿佛放得越来越低，
低到了尘埃里。一群中年人
离开了他们的家乡，在这里走来走去。
也许快餐店旁的典当行
更能迎来转机，而二手家具店
却能建造出一座丛林：护林员、抵押物、皮质
沙发、玻璃茶几和实木衣橱，甚至是
捣药的石钵石杵，纸牌里的铁器……这些
事物比那个鱼缸更让人遗忘自己。猫
从墙角消失，行道树向天空铺开冠顶，
烧烤摊开启了抽风机，烟尘
飘扬，而隆起的
树根上是满布的水渍和散落的灰烬。

第聂伯河上的焰火

一支南下的军队，路过
第聂伯河的某处村庄，
夜晚他们点燃了篝火，
并在学校的黑板留下粉笔字——
“我们都是斯拉夫人”。
但校长却反感于，白色的石灰末
无法敷愈，战争给他们带来的创伤。
多年后的某一天，我们乘着校巴去野炊，
在老师的照看下愉悦地生起一堆篝火，
似乎战争已随着这篝火彻底远去。
但老师的孩子还留在我们来时的废墟，
此刻正点着篝火取暖，躲避
不期而至的呼啸的子弹。
当他们低头贴近燃起的柴堆，
也许会听见木头中心哭泣的声音。
光焰的舌头舔舐着我们的脖颈，
温暖得就像冬天的围巾。尽管
还有人尚未见识过死亡，
但这里的学生们已经学会了
在他们残缺的教室里利用唯一的教桌

逃离战争带来的恐惧。
他们趴在桌子上，哼唱摇篮曲，
坠落的夕阳像篝火飘荡在第聂伯河上，
而苍白的月亮像颗苦杏仁。
也许写下那行字的斯拉夫人，
那颗红头颅已经被月光的积土活埋。

空城演绎

鼻拭子的搅动充满芥末辣味。
口舌受激，催泪性
幻觉更强烈。
琴弦故作镇静之姿，
耳听得城外乱纷纷，却原来是琴童
两个，另起煤气灶，煎熬
生姜和谣言，趁热如饮鸩。
药房紧锁，进退的犹豫
为的是何情，拂尘在你我嘴边遮拦。
也曾差人去打听，城外口罩、检测盒已售罄。
免费的是死亡，而非午餐，
发烧的四肢正绵软，不比西皮慢板——
我面前缺少个知音的人，
呼吸酸痛，琴声更可危，
于是被中断，余音
后遗症般地绕柱，竭力避开
孤独的那一剑。
广播静默深处的扁桃体战兢在双颚，
苹果在晨光之中的雾后现形，
我正在城楼观山景。

自　嘲

——兼忆及明遗民

擦净旧面孔的破毛巾，磨出几处窟窿
同样磨平脸边的棱角，口角额角鬓角一并钝化
而米价还得继续砍，尽管事与愿违
犹需委屈于蹙眉间，
破产的爱情更没有必要共白头，
将来剃度或染黑。
我想着镜中的自己，耷拉的情形
可拟前朝牵来的瘦驴。
可不敢轻易吐舌，
“苔薄白，气瘀，风痰恋肺证”
一直是软肋夹在腋下，不甘在命运上示弱。
镜里镜外，两头驴透过毛巾的管孔
偷窥今夜的星象，试图参破此身贫病的因果
和余日幸福的办法。月亮从中落下
冷眼在我们的目光翻起，令天地为之一寒。

诉衷肠

长指甲我留了很久，适合撬开一听啤酒
今晚的啤酒鸭用去一半，剩下的
就敬自己一杯。
热气从锅底腾出，
一只煮熟的鸭子飞入盘中
这并不意外，落霞与孤鹜齐飞的再现
餐桌上塑料酒盅的只影
比一个无路请缨的少年更孤单。
时节已用煮沸的白醋消过毒
空气里弥漫着心酸。
为了不传染，和外人的一切接触
都要阻绝。
下弦月因此做了宿醉的令官
月亏的模样，和上唇在杯沿蠕动的酒话相似
五魁首、八匹马……孑身喧腾啊——
我自罚一杯——空虚的易拉罐没能
扔进垃圾篓，一直在地上打滚
我想，
被医生带走的父亲，此时正辗转在床
时间的毒株，也越来越旺盛

我身边，
我留的指甲，最终也没能如愿
弹奏吉他，给爱我的人听。

鸥　歌

临死的淡水鲑鼓着钩伤的鳃，探问我们迁徙的终点。漂浮的废弃石油桶里——“他们总是积极地等待，末日的来临”。

一、歧路

大雾是浸泡世界的福尔马林。在受潮
的南方，我们的，鸽蓝的完卵
被孵化，我们渴望它的裂纹，
它们同样欣受无数道光，和热情
试飞的羽毛舞蹈在上升的烟囱
直到寒流突袭，两翼才协调了生命
（是载着贵客的金马车，被迫在
无形地鞭驱我们，跌撞地疾速爬行）
曾经我躲在那些母性的内畈下，
“你见过吗，仓庚，那裸露于阳光的
矿山中，人族有着相似我们的尘肺病”。
他们正头戴摩托头盔（水禽的头罩
也呈现出，这手冲咖啡的光泽）
旧栈道上游行的骑士团，向孤独示威

两支乡愁的营巢群，不停抄近路
有的将被永远反噬。骤降的可见度间
寂静的暴风雪在现世，短促的不安
置身于暴风眼，在断崖上走失
千古恨的转瞬，便有重逢发生
越野的远光也越来越集中，
这彻亮的部分，如巨额邮票
粘于陌生的信封。唯一亲切的是
城区高空闪过几盏航空障碍灯
红反光如豆，一只只摹声的喙
艰难地吐出那束花，又衔起
当爱神降下垂帘，我们搅动空气
仿佛被凿出的巨石，切割，打磨，
钻孔……精密……可变的钥匙
挣扎，在无数心智的锁孔
最后系在了颈上。吊坠的失重感
使失忆的双翅重新振作，
甚至赋以它天平之形，红之喙
心形的阿努比斯在滴血。
色块尖锐，而陷入饥饿的渐变，
从棘里蜷缩的野狐正如此
头朝那贫血的山丘。
（狐狸有洞，飞鸟有巢，
人子却无放枕头的地方）[①]

同类们有的还在做噩梦，在无人的
停机坪，树群在南例
中蛊般向外倾——误以为
隐藏的孩子在蓄力，变形的弹弓
随时有伺动的可能。（据说由于
某种瘟疫，人们中断了飞行）

二、盲琴师手上，我们流动[2]

目击如悲伤在异瞳钻井，
流泪是因为，我们来不及闪避。
“你们从前走到旷野去，是要
看什么呢？看风吹芦苇吗？”[3]
翼后缘被季度黥面，似乎体内隐含
认生的章鱼，喷出潮涨的墨汁
俯冲向湖面，信风让我们脑震荡
哆嗦着，这张张白色网眼反手缚住
含混中争吵的唇齿，熔喷布包裹
了在场的沉默。人们背着鱼竿、
手风琴，排队走进遮阳篷（苫布的红十字已经褪色）
领取咽拭子和面粉。码头是游船的
空门一扇，没有哪双手仍信任地
平摊在这泊口，供我们啄食
那些咬紧的面孔苍白，在隔离房间里

飘荡，女墙的石灰隐隐裂开。
闲置太久的软椅垫，如紧绷之海
张开了双腿。我们的心情也许
比弹簧更坏，当踟蹰落在拱桥的石肩
霉菌悬浮，却逐渐被酒精麻痹
手握真理的芦苇递给我们，
浸醋的海绵——飞矢般的雨，肃清
这一切，水渍是刺客留下的便条："苦难让我们更接近上帝。"④
我们被告知，夜间限制供电
理智被当作最大的膨化剂
不断地显微（时间也不例外）
可见的，只是身体仅剩的白——野地里的百合，无数朵在呼吸，在纺线。
（然而我告诉你们：就是所罗门
极荣华的时候，他所穿戴的
还不如这花一朵呢！）⑤
多么安慰，多么安慰
时空伴随者的药匙在空碗里公转
羽瓣也饥饿得离开，紧跟鸦群
从破庙里飞来，不安而阴鸷
周旋久。宵禁的城市，没有路
更没有路障，天堂也如此
四面空旷，如无数棱镜在反射我们

丧痛被夹在缝间，低于八画格
终于挤成了一道强光，照明
翅端的遗址，“随潮而翔，迎浪蔽日”[⑥]
飞行史的尽头，北西伯利亚的永冻层
盲琴师的诅咒无止境地施魅，
碱地如今谢顶，摩挲一只素琴胚
伐过的针叶林倒在这里，这些断裂
的弦，无人来续。沿着古老的音阶，
太阳抖动而起，春荒里一个老矿工
经历了最后一次晨勃。

三、如黄金般沸腾的土地

我们向河床引颈，衔起泥鳅和细鳞鱼
（而非接受死亡）
电钻往更深处获取
岩盐。
哥萨克们在小果奇上享用星空
（银狐皮鞣制的毯子）
享用鱼子酱，
极光无规则地分割出
残局的棋谱，最终，胜负将揭晓
此时的折扣店架起羽绒服，
里层包裹了曾经的秋毫

当人们披上冬衣拥抱
两双手臂，四支火绳枪燃烧着
惨叫的烟，口哨声升起斜桁帆

四、永隔一江水

太阳的飞行还有更多可能，
接济我们的冷杉将树冠挪入
光的加冕。它怀有童子之心
背朝南方，晒着自己的黄疸。
环行的蒸汽火车经过这里
乘客们议论纷纷，指着地图
面露冰雕的表情。阳光和眼光
的聚焦，使拷问的雪人流泪
只剩下雪一小堆，就在昨夜
少年维特正穿好蓝外套
躲在这里，埋头抱膝地哭
（那鸽蓝，也出现在核电站边
浮动的贝雷帽。鸽子叼走了
那里的橄榄枝）
一列末班车被重启，轴承嘶哑
依然孤独，无数黑暗的轮回
上紧了发条，请驮走我们可悲的愚忠
命运这根缆绳，围着苔原

拉起，月亮变成斧状（压抑的淡光圈
似乎是一层卷刃）
我们此刻是失明的，它将落在
土浅的石头地上，那些头颅滚入
和草籽一起，兔子般复活
“让死人埋葬死人，你
就跟随我吧！”[⑦]
略白于露水的月，尖了又圆，圆了又……
如果砍向一棵桂树，便拥有
注入水银的飞盘——
田园犬和邻居做着接抛游戏
通报不明肺炎的广播震碎病房
盥洗台的镜面之前，世界毋宁瓦全
归隐的声呐，撕碎运河里的噪声
平城京的旧市民们将让出街道
狮王低头穿越市区，替僧人化缘
通过斑马线的马匹，撂下贬值的货物
它们关心的是，余震下，岩底
鼠妇会不会因畏光而挨饿。
石头已足够容身，一只只覆钵
罩住这规则里的弱者。
我们的先知在于，嘴唇上
沾满自己的血。我们驯服了什么，
暴雪迟早沉入教堂的荒墟

取出高窗的碎玻璃，是不同肤色在闪烁
（坍缩的彩虹承受了攀向天堂的重量）
蒙古牛的回忆，反刍着积雪草——
重复经历，那死亡的六百万次
我们掠过了乌珠穆沁草原，无际地返青
也在想起湖面大量繁衍的水藻
那群幽灵的绿毯。我们的记忆鼓翅
并交叉，上苍是一段铩羽的历史
坐满了破产者，他们染过发
缮写斜扭的赤字，徒留在空缺的支票上
——这碧落还未谢世，还有七尺
我作证。我作证
不，我也能够发誓。

①③⑤⑦引自《圣经》。

②史载，师旷善弹琴，“生而无目”，自称盲臣。

④化用自蒙娜丽莎。

⑥师旷：《禽经》，张华注。

翠湖边的手风琴

风箱在推拉的变形间发出声响，
抱起乐器的那双手正聆听着亭廊上的演奏。
小而瘪的，朝下的拇指按动不同的键块，
他们在老去的每日里都借此消耗

无用的时间。为了领取更多的养老金，
在每年的固定时段和最新的晚报合影，
证实自己尚在他更愿意做的是继续
摆弄那手风琴，虽然乐谱永远倒置在架上，

连他自己也不关心那些音乐，
行人们将之当作一声声有节奏的咳嗽，
残余的精神徒留在旋律里。他的孙子坐在
幼儿园的矮凳上面留有上一个人的温度，
顺着手风琴的伴歌而击掌哼唱。

死亡正从正午的滑梯落下。当声波混入
泛出金色反光的水波，一群孤独的
声部惊叫起来：“什么声音？
　　　　是地狱之火已备好了？”①

①伏尔泰遗言的版本之一。

雪天蜗居

雪以迷茫之白
使万物化成了谜。
——库尔特·德拉沃特《冬之诗》

从来不在雪天出门
户外的散步者，走着走着
发现雪里一串脚印，搂着
另一串
再往前是两串大脚印抱着一串
小的
走了很久，有的人背酸了
多出一副红色坎肩
在雪地里走
走不下去时，远处多出
两道胎痕，车刹得很轻
像一辆救护车
开往殡仪馆
尽管，铲雪工来过多趟
我仍不出门，我们的外厉内荏
就是雪的欲盖弥彰

平安咒

落红该在三月厚葬
该驶上高原的飞机闯进深山
搜救队也没能挽回航客们
卜居到另一个寂静的时空
送丧的队伍在花径间，踩出
一道完整的归程
如果愿意，他们会骑上
一匹离群之马归来
他们坐进人间最昏暗的一隅
脉冲是孤独的
未燃的白蜡烛默哀了万物的心悸
涟涟。灯油盈眶了，就要淌下
他们梦见一块人形的石头
哭出了心碎的玉
每次仰视，那些偃月的幽灵
仿佛没有记忆，自矜或微笑
唯一能想起的是：
还有哪些该爱的人没有爱过

春望

看够月亮的塔吊司机，目光落
在黄浦江上，江面在没有船泊
的时候是静止的。
异乡民工有同样的错觉：这个月亮
是舶来的，这条江也是舶来的
有时这半条命也是舶来的
他们从清晨就得躲闪阳光，不偏不倚
的太阳，像城市里拾荒老人咬破中指
在一张生死簿上按下指纹
这枚历史的印戳，在他们眼里
就是一处胎记，一种隐痛

跳蹈

巴士驶过市区，无意间听说电台里
科学家的发现：“当冰川、冰盖融化
流入海洋，地球质量就进行了重新分配，
物质较以往更靠近中心，那么
地球自转就会变快。”而聚焦广场的
老人们，扬起曾经驱赶牛虻和
羊群的鞭绳，陀螺因高速的周旋
而模糊，更接近本质，振铎的绝响
把那颗陀螺一剥再剥，仿佛是冰川世纪
万物都在水落石出，它在幻觉中
剩下的只有危卵的大小，如果老人
感到乏力，才会艰难地俯身，
观察它是否完好，像造物以同样的姿势
把这颗立于病菌与钢铁之间的星球
翻来覆去，确定我们是否安然无恙

温馨提示

报告厂厕所门口的一块提示牌
写着“小心滑倒”
我对学步的孩子，对蹒跚的老人
和孕妇说：“小心滑倒”
对城郊易发泥石流的山体
说：“小心滑倒”
对遥远而醒目的雪山说：“小心滑倒”
对秋天的最后一只昆虫说：
“小心滑倒”
如果只是在人间，这是唯一的
温馨提示，在任何报告里都没有涉及

悼树诗

那株皮包骨的行道树，背靠人民医院
如骨质增生的腰椎，蹲在那里
枝叶晃动，躲闪着世界的每一瞥
干瘪的营养液袋，悬置在空中
像一枚银耳在温水里膨胀
早起舀粥的护工们，都认为那棵树
濒临或已经死亡，时不时地
患者的孩子窜向树下小解，
群鸦在树冠周围盘旋，
每次经过，总就想，死亡的存在
是否可能是人类的假想敌
冒着雨想，也在冒着雨走，
一阵风刮来，“咔嚓”一声
折断的树干，一直朝我招呼着
我该上去搭把手，她还很痛苦
那是阵妖风，刮走了我的外祖母
以及一队潜伏在我生命两端的劫匪

天堂的穹顶，周旋久

金属棚顶下，饮着几匹拴好的电驴。
架空的铁轱辘，还在转呀转，
出于办公加急的惯性。途中他
被某个环岛所迷惑——
相似的路径，无数个出口都不同。
这必然是种预见。他想，
反复被连贯，生命才陷入了困厄。
童年的摩天轮也从未停下。
“轿厢里的身体被抬高，令人误以为
我们通向的是天堂。”那是
第一次乘坐的记忆，而最后一次，
在暂时的高处低头，他清晰地看见，
人群，头染劳动的黑漆，或顶起
吹向死亡的芦花。自由地挪动，落在
广场，灯光充盈的棋盘，不悔
的心思，依旧鲜有。他回到地面，
回到心智的对弈。这残局里，
悲悯的存在，同样冷酷。
他的幻觉充满双手。鼠标的频率
接近于敲响木鱼。他感到心绞痛，

似乎有僧人骑在内心的瘦驴背，
默诵，压抑着棒喝的一声尖叫。
走下摩天轮，他看到云朵，
心灵的蓝孩子，召唤他去别处。

踏青，兼致清明

白笋已经没膝了，还魂的蹊径给我们辟出
一个野餐的方向。孤独和食物的不洁
都是致命的，和那块石碑相觑，
灰质纹路揭示了一种自然的新伦理
眼神在光滑的
一小片反光里显得犀利，我也准备好
赤身走入
那间死亡的浴室，并为黑暗感到欣慰
这段慢慢缺氧再变烫或温暖的历史
酷似倒春寒
之后天气转晴的另外表达。

关于你心爱的植物
在我返回这里前的那个星期，就耗竭了
美眷和韶华，而我
依旧不能剥开一只匀净的苹果
甚至还不能剥出更好的自己
这是我所蒙羞的
总有一天，我说的话，失去了速度和时效
桌上的小辈们不再把头凑近我，糖果

和蔓越莓曲奇也不再属于我；只有沉默
像影子一样，钉死在我身后
被尾随的事物，有相等的幸福和危险
所以被月亮尾随的陌生人在赶夜路
的时候接纳了加倍的安全感

月光像层锡箔纸裹紧着我们
世间的内部，已经变得早熟，像那个窗前
托腮微笑的少女，等候着表白、祝福
情窦初开，很多成对的男女，不同的关系
手挽手地彼此磨砌、默契，外婆想去拿
一条在干洗店熨好的裙子，因为婚礼戒指
是在那个街道里丢的
可是她没有裙子了，在石头里她迟钝地讲
刀刃会越磨越快的，而人只会越磨越慢
野餐的最后，我用水把石头又磨了一遍

夜雪寄北

一

摇下车窗，雪粒拥向车里
像剁细的蒜蓉，给人间去腥

二

雪花 被雨刮器撕破
是一次灵魂与命运的浪掷

三

雪停了，绝大部分的遗憾
已经被雪撤销，有少部分撤销不了的
要么被压垮，要么被折断
而雪的遗憾，在于不能妊娠

四

流行的那种假面式孤单
就像受潮的火柴，有时是一根，有时是一盒。

卜居

二楼的胡姨妈在熬粥，
没有剁肉声，
还要两调羹盐，
挽回离婚前的甜分。
穿好羽绒服，淡淡的
鸭粪味在换季时孵好了。
搬出来的第一个星期
她像是被世界租来的，
连敲门声都有涩感。
“您朝左走，那里有个路口，
路口对面就是照相馆。”
她的身体需要
斑马线来完善安全感。
我在筇竹寺的停车坪前
看着自己的泊位，车身右斜，
然后是漆线左倾。
菩萨，是时候给人间
换张新的蛛网了。

归去来演义

解下腰系的五斗米，购物车一并文件清空
为时我尚在红斗篷工厂接受心灵的苦役。

对马夫谎称是负罪感，抑或狂欢
文字狱就矗立于麦地中央，

田园将芜胡不归？知倦的归鸟
如一条条领带被解雇。

随着精神的股票，一跌再跌，
甚至比五棵柳树更萧条。

临行，我与异地口音的调酒师对酌
以特调乡愁提纯酒精，

并谈及程氏小妹如何误食醋瓶装的农药
比皇帝赐予的鸩酒更歹毒。

掐灭的烟草在烟灰缸浸泡下复燃，
那四个缺口，比岫岩更适于云的出没。

我梦见格拉纳达的街道上
流浪猫围观即兴歌手，弹着琉特琴——

“朋友，我是从喀勃拉港口
流血回来的。”[①]

①洛尔卡：《梦游人谣》。

跫然录

全景式的瞳孔瞬移了时空布局，夏天之后，植物只剩盐分。

步幅一点点拨慢心跳，有人感到眩晕。

万物安顿于腿部的肌肉记忆，审美的慢动作逐帧地皈依影子。

从除夕开始

山脊的公墓正长出青烟，
群青的剑状起伏，诱发出背鳍的敌意。
西侧是露天矿山，岩壁赤露着灰黄，
这造物的母腹，炸裂口周围爬满
堕胎的细缝。当集中的愤怒需现形，
我们称作“夕”。如果不是传说，
最显眼的会是它的犄角，
汽车尾气和颗粒物凝结的半空，
乌黑黏腻的两座烟囱向上锯开云层。
一些未曾降服的黑暗蔓延之余，
近视的裸眼从膨化的人间，领悟
剧变的欲望。地图已经布满了图钉
如密集的网眼，试图困住谵妄之兽。
这片坟岗离市区不远，磷火棋布
亡灵摆下的一道残局，子孙们继续博弈，
抵押加倍，心计加倍。所得税，
是一份买香钱。毕生中真实的往返
只有一次。我们驱车于歧路，
前面是荒地，杂草因贫瘠而匀整，
这张无限的饺皮，将我们一并包裹，

糅合着悔棋和不服输的险胜
于猪肉韭菜馅。最后一缕烟抽离，
虚无的这根稻草，压死了历史的骆驼
尖端有穗，饱满事实之美。

冬至

尽管阳光极度有限，她仍舞动蘸水的十指
在窗前和着糯米面，直到指腹僵劲
十支指挥棒挤出骊歌的音符
当双掌敷满面粉，正有一对雪花凌空于厨房
沸水是激动的雪盲患者，滚烫的总令人失明
不均的面团在锅里翻覆摸索，她的指纹
将消失于昏聩里。握紧擀面杖，
每个汤圆都受到了她的棒喝
重复如叮咛。有的芝麻露馅，
在鼎沸之中接近于观音殿里的炉灰
这锅汤圆比她更容易熬过冬天，
她就待在这里，不再勉强菩萨和子女
芝麻也不再开花，不再开门。
阳光照拂她苍白的双手。她握紧
黏手的面粉便得以两番结穗
最后一次松开，平摊仿佛二度经过水磨
微弱的反光以手相师的口吻说，
她的掌纹肉眼可见地改变。

中元节

外祖母并没有真正离开我们。
中元节的这天我们在屋外焚烧纸钱，
母亲的念诵细碎得仿佛有无尽的话语。
外祖母应该来过这里，
在那张遗照中慈爱地看着我们，
而不只是在偶然的梦境。
整个城市的人都在做同样的事情，
火堆熄灭后又有人燃起，
仿佛只有在飘荡的烟雾中
才能留住亲人的游魂，又仿佛
要在细碎的念诵中
展示生命的真相其实是种
最深的脆弱的情境。
外祖母并没有真正离开我们，
我们用仪式留住了有关她的记忆，
或者她自己的记忆也仍在
这个世界，在蓝烟飘起的时刻
植入了我们的大脑神经。
灰烬里也许存留了她的足迹，
让燃烧的火的形式和声音，

每一个动静都像是她的应答，
但又严格地画出一段距离，说：
遗忘是抚慰而不是恐惧。

辑三

玛吉·尼尔森和她的《蓝》

玛吉·尼尔森和她的《蓝》

泪水饱和盐粒。蓝
停驻于一只亭鸟的眼睛。

“世界各地的棚屋和鱼摊上方飘拂的
明亮的蓝色油布”，[①]一个蓝王子
从树影里走出，仿佛获得了关于蓝色的方程——那
爱神之瞳，睁大又深瞑。

复眼分解。花房的语言提纯露水的蜜，蓝
在叶面涌动，似乎存在一种倾听
凝神于红木舞厅，点燃一个“野性的魔幻时刻”：
原野上的蓝王子变成蓝骑士。

一场惊天的暴风雨倾泻的蓝颜料
把一个玛吉·尼尔森
涂抹成一百种蓝以至于无限的蓝之深邃，
而成为一张蓝照片里的细小沙砾。

银原子。如果曝光太久就会让里面的蓝
皱缩，而变成灰。油漆剥落，时间消失于无形，蓝

因此在另一种可能中获得永恒，
仿佛在镜子里看见了自己。

①玛吉·尼尔森：《蓝》。

落木纪念，或致奥丁

智慧之神、诸神之父奥丁端坐天空，说出如下箴言：
自己献祭给自己，在无人知晓的大树上！
没有面包充饥，没有滴水解渴……文字
由树上掉落，捡拾它们、呼唤卢恩，边拾边喊……
——斯诺里·斯图鲁松《高人的箴言》

那是第几个九日。植物和小动物的
欲望和热情在减退。速度
让时间变得可见，而风景由远及近，
压缩着一片枯叶，世界
是骑士的一缕烟尘，送来了纸玫瑰。

蝉鸣已经寥落，声音的
下坠之中必有羽毛的浮力在气流中升涌。
虫蛀的窟窿，那其实是
上帝在空中掷出的
不规则的骰子点数。马拉美不能停止帕斯卡尔，
仿佛偶然在无穷小的运算中
失去了对自我的掌控。

细雨漫长，纸玫瑰和原野上的蓝骑士
永恒地疾驰在一幅油画之中。

蚁穴在雨季崩溃，白色的虫卵从中心溢出，
大地上被洗净的沙粒仿佛
思想里的文字正在逐渐显形。雪
开始下了，诗
说出了未来的卜辞，世界
被谁收入囊中，因而猎人和猎物
躲入草丛互相猜测未知的隐匿和收获。
身体、力量、位置，欲望
以及感情，以及弓箭、投枪和一双手。说

那是鲜红的落日，不如说
那是一株巨大的落叶乔木，语言
在它的枝干上从大地上升了天空，仿佛
文字最终会被智慧收拢。冥冥中
是谁读懂了诗歌里的占卜，
要把那颗骰子放进衣袋，等待它灵验的时候。

读心术

鹦鹉甚至比水滴更眷恋重复
快要洞穿真实的语言，在我察觉异样之前
就替新的人格接纳了新声带
一旦开口，它就是反讽的镜子
仿制并缝纫，我的细节。助我认识
出于己的微瑕。如此新奇
而我的辩护却遍体爪痕
仿佛是我，动了冒犯的心思
先天性还是后天性，都不比这隐晦的时段
是谁下的蛊？一切都被秘密改造着
食莼的味蕾，贬谪途径垂下蛇涎
喉结渴望隆起，再者就是
成为唱诗班，咽喉攒纳缄言如箴言
鸣不平，难耐不过水银柱的涨涌，并受到
鲸的赋形。神秘的发声和团
与琵琶对弹，有如蛊女的幻化
用我的潜台词款待我。问对，
成三人。鹦鹉前头不敢言，
也的确没有太多新鲜的亏心事
聊以大数据保全的余生，可视而不可释

藤上结成闷葫芦，一对对
断壶内兜售着暗药
以及不可道破的眼药水。

灯光和青春辞典

房间变得明朗，也是个交谈的时宜。
倒悬的灯罩内壁黏着蛾虫，
一小片发亮的云丝飘过头顶，
今晚我们不谈论天气的冷暖，不谈论
下一次考试是否会有更好的运气。今晚
我们试试用沉默
练习这个已经到来的青春期：
喉结、酒精和尼古丁。

天气固然很好，拉开窗帘
就能看见月亮，听见虫鸣。
烟雾逐渐充盈了室内，醉意在起伏，光点
倒映在玻璃上像闪烁的红灯，一个警告
似乎在说这只是一个劣质的挑衅。
吊灯低垂，照着松软的棉质床单，
台灯却在书桌上点亮那铺开的试卷，
仿佛发出一声叹息。一切丝毫未变——
灯光、寂静和窗外的树影。

也许需要在沉默后加入一场激辩，说

青春是第二天的阳光还是真的很疼。
地摊上的劣质文学，真假
难辨的对话诉说着主人公曲折的命运，
凝聚的冷光在劝和，叹息中
却有一个空白说出了分离。驯服我们的是
逐渐积满阴影的面孔，还是门外
开始感到担心的母亲？
她的皱纹越来越多，似乎也变了性情。

不能完全怪罪于那盏台灯，也不能
把希望寄托在这些烟尘、醉意
和独处时的音乐，电影里的台词。
如果我们从沉默里走出，
让房间里的两个人
变成舞台上对望的两个孤独的灵魂，
也许会突然在内心深处察觉到
一丝成年人的笑意，那痛苦的事物
仿佛不过是弹指一挥间的轻盈。

骊歌

努努嘴。蒲公英绒毛，
便飞向半空。他难以忘记
绝育的田园犬，背部第一次脱落，
一小撮毛的那天。青年女兽医告诉他，
应当尽早结束。如此我们都将归附
尘土般的宁静。
安乐死的第二次花期，房间
偶尔出现，动物的毛发。
如同播下遗落的种子。当室内持续整洁，
没有别的痕迹，他将得以一个安慰
挽回自我的失落：另一种爱的缺席，
得到了记忆的原谅。

宁静与死亡的相对性

衰老的祖父退出了水泵房。
为了赶走失眠的诅咒，他往鱼塘放进
工作不停的氧泵。咕噜响的动静像鼻息，
渐渐变成催人昏睡的背景噪声。
时间是绝对的意志。他相信，如果，
世界过于宁静就会变得不祥，当
死神靠近时，他将睡在意识的寂静之中。
永恒抖动着，让生活的秩序
变成一张绒毯在光线和灰尘的舞动中颤抖。
当他的儿子回到嘈杂的房间，
小孙女正抱着鱼缸般的骨灰盒，
第一次认识到死亡与生命的对称。
室内的噪声近在耳边又像是在梦中，
而细碎的言语如同那永远不息的氧泵，
说着什么，似乎什么也没说。
窗玻璃在午睡时间被恶作剧的弹珠击碎，
一个空洞等着被修补，但凝望它时
又像是在祷告。他的儿子——
一个父亲正对他的小女儿默诵着这样的记忆：
他对泵的噪声的信任甚至超过了心跳，因为这噪声
有着比生命还要伟大的寂静。

自有美好的事物正悄然发生

自有美好的事物正悄然发生，
雨天我躲进房间给你回信，
而你是生活在火山岛上的某位友人，
幻想中的风景让我的纸笔显得有点焦急。
自有美好的事物正悄然发生，
火山复活，岩浆流向大海，你家的
烟囱变成桅杆，因而你家的房子
变成了方舟，甲板上的
动物园变成了歌剧院。自有
美好的事物正悄然发生，石头
兴奋而开裂，海滩熔成一块巨型玻璃，
火山灰向深海下潜，云朵
却在天空中聚拢成一个漩涡，
酝酿彻底的暴风雨，要把你们的
方舟吹向深谷山间。自有美好的事物
正悄然发生，我的房间
因为你的纬度而有点热，墨汁
在纸上凝结，而文字却向天空蒸发，
把童话蒸发为寓言，又让这个寓言
落回纸面时变成一条丝线，

牵着我的影子走进一个洞穴。
也许那是一把钥匙通向你的桃源。自
有美好的事物正悄然发生，
转晴的天气蒸腾出一座雨林，世界
变得盛大，让我闭目感受，让我仰起脸
迎接深处传来的光线，
仿佛这光线就是你的声音，仿佛
这思想的一瞬间其实是再世的无数年。
自有美好的事物正悄然发生，
当最后一滴墨水滴落，手指跳入结尾的琴键。

拼图

情窦初开的女孩经常互相暗示，
当左手长出红痣，会有一个所爱的人出现。
这是她们的秘密，但我却悄悄知晓。
我知晓但我始终隐瞒，让她们的秘密
变成一块拼图里的碎片，
像身体一样在时间里发育，等待着
自我世界的完形。一些
拼图缺失了，但另一些拼图
却成为了剩余，仿佛一个象征
始终无法找到它的对应，因而女孩的
男孩也一直没有出现。也许
男孩们还在青春期的孤独中不得要领，
也许宇宙的守恒定律还需要
燃烧的能量继续矫正。
预言中的红痣已经变成了相思豆，
文具盒里也可能藏着一支口红，
那梦幻的场景还是朦胧的，但这个朦胧
已经足够真实地说它并不是幻影：
拼图、谎言、红痣、白色的
氢气球、蓝色的梦。

如何让生活重新清醒

“摘下眼镜再来看看这些东西。”
他嘟囔着，像在自语。
视力模糊的他几乎就要吻了上去。
一切变得陌异，裸眼中的事物
仿佛世界的全新开始，他这样描述
视力严重降低的自己。
盆栽中泥土的气息，盛开的花卉
哪部分是花神之爱，哪部分是工蜂的劳动，
似乎向他提出了一个问题，一个
谜语，一把钥匙，一种亲密。这
针状的，这雄蕊，这蜇痛，这
突然的颤栗……身体
让命运此刻在世界显影，又散若无形。
出了门，他还未意识到，
万物在模糊的光影中失去了原貌。
花瓣在空中旋转、扩开，
树身摇动，人群汇成隐秘的河流，
数量变成了色块，心灵的
乱码作祟，化为暧昧的像素，仿佛
天空中突然的降雪，

在荧光的屏幕上跳跃，爆发雪盲症。
需要让记忆把目光收回，
回到那盆栽里的花丛，以一缕
游丝般的气味，一阵秘密的刺痛，
让生活重新清醒。

父亲在日记里如是说

第一次陪孩子坐圆形水滑梯，在那段
最陡的滑道，我们一起发出了尖叫，
享受着水花的泼溅
和瞬间加速度产生的失重。
多么深刻的记忆，就像是
我分有了儿子的年龄而恢复了青春；
就像那一声尖叫就吐出了隐蔽的噩梦。
我们牵着手来到最高的顶点，
似乎心里的恐惧变成了一种诱惑，
那等待的冲击被一口深呼吸绷紧，
我们将要下坠却仿佛是要翱翔到天空。
紧握着他的手心——
就像他也紧握着我——我们迎接着
那个预料中的失控，
蓝色的泳池将在疾驰中翻转，
身体四周涌出的气泡将迷住眼睛
而把远处的一棵树误认为海滩。
也许那一刻我们真的离开了这里，
因为跳动的心永远期待着陌生的领地。

沉默的鱼刺

“如果一个人只吃鱼腩，那么他
一定来自富裕的家庭；
而穷人却需要应付鱼刺。”祖母以此教导他，
面对上桌的整条鱼，最好先吃鱼脊，
那里的刺最多，正是生活的训练场地。如此，
多年后他才有了一个猜测：鱼刺训练的
并不是舌头和手指，而是
如何在繁琐的程序和虚度的时光中
保护自己的尊严和生命。

剔出鱼刺的过程对一个孩童来说
无聊而危险，父母于是告诫他
吃鱼要保持沉默。筷子需要暂时放下，
牙齿和舌头缓慢地咀嚼着，
随时准备吐出肉糜里隐蔽的细刺，
否则危险的针尖就会横亘在喉间，
正适合祖辈传来的教育：
他的不驯，就是他的滥言。

一条鱼因此维护了餐桌上的礼节，

祖母的格言和父母的告诫
让他的生活充满警觉，筷子上
仿佛有双眼睛，始终注视着四周的动静，
似乎随时都准备起身，去服从
那些规矩，实际上是害怕
更大的语词伤及自身，
就像童年的鱼刺是沉默的语词，无声
却说明了他的全部人格。

祖母绿

在某条山径的穷途，写生油画师
停下，趺跏而坐
他只有两管颜料，藤黄和靛青
对于别的色彩，他唯能保持漠然
铺开的纸上被一层层涂满
静止且透视的画面，往往具有
回忆性，就像那个阿尔兹海默症
的外祖母，在眼前的荒坡上
教会他如何打滚，如何回应爱

他涂完几遍，打电话告诉她
这里的景色很好，草木葳蕤
青翠欲滴，然而最终滴下的
是泪，还是露水，没有谁
说得清楚
他撬下一小片色块，扔向湖心
这个水漂打得不算好。那些
青色溶解了很久，他说
只有夏天的青色才能滴落
那种青，只有劈开骨肉的疼
才能看见

怒江南极落上空的琉璃

一

尔时。抛锚在雪山之麓。
他们的绿色吉普，屏气。
那里被明令，禁止攀爬。
出于某种信仰。连机械的呼吸，
都可能触怒山神。他们坐在后排，
摇低车窗。白色的尘土，披着阳光。
在淡雾里消失。他们听见，泉声，
音乐宁静地涌来。
明亮的部分，被
渐渐裸露的岩石替代。金箔镀上佛像。
旋而，一片片蜕落。正午的太阳，
从心力的金色蝉蛹退隐。
随着水桶的移动往下挪，躲进
流水般的巷道。扁担
摇晃。波状的无数片金箔，
在反光，他们知道，
年轻的佛，正走向人群里。

二

黑岩驮起雪的布匹。
整片山峦，如同跋涉。
暗示他某种事物，还漫长。
雪线在无限地流动。
风景的终点，陌生的外祖母
也许还在领取钡餐，
她唯一的儿子，裹着
不合身的铅衣，把她抱进放射室，
那幽暗之所。器官的造影
雪景倒立，映射在
湖面。冰冷，比泪水更透明。

三

“我们到这里来，我们
只相信善良的。”他们的领队
如是告诉，湄公河上游的信男女。
他们被带领着，走进诅咒的风暴，
那里扎着七只帐篷，闯入者
最初做下的记号。
它们变得僵硬，亟待

一个原谅的图案。胎记。

想起前世的石头，孵化石头。

七座石堆，掌起七只灯托。

童久时

最危险的地方最安全
一座废弃停尸房旁的自留地
成为一代又一代孩子们的
秘密基地，甚至那里的草木本
植物生长的嫩叶都是心形的
曾经我在那里学会把鞋带
系成蝴蝶结，而大人们所说的
孤魂野鬼，始终没有出没
可能对于彼此，我们都是一道
乍现的奇迹，除了我们
再没有如出一辙的缄默和讪然

那些野生的三叶草是如此深奥
只有父亲才能找出其中长有
四瓣的几株，没有胡须的年代里
我们称父亲有一种超能力
在花朵布满祖国的夏天
我总躺在秘密基地里，那些
失去风向的火烧云，或复燃
或熄灭，摄入比命运更多的

火焰——“乌鸦们宣称，
仅仅一只乌鸦，就足以摧毁天空”

天空在梦境化，我发誓要找一块
空地，种满三叶草和四叶草
那时我正值经霜之年，不再猎奇
也不再渴望情书，耗尽所有下午
等天晴，最后那株四叶草
被我夹在一张合家照里，据说
当某个亲人已不健在，他的照片
就蒙上灰白，我变成冷色调的
那天，我要借四叶草返青
去最后的秘密基地里，重新
绑紧鞋带，有人从背后抱住我
我没有理由回避，无论谁
在这里都该毫无保留。没有恐怖

任平生

我穿好雨靴，没撑伞
雨的跫音演算着
我余生悲欣的概率

我只是命运的参考物
但不是全部

变老是个冷峻的任务
就像没过膝部的雨涨幅
有的是痛觉
就是没有极限

我躲进一家花店
在派克服的两只兜之间
找个借地安歇的理由
所有人在看康乃馨、
香水百合和满天星
没有人注意我

心猿

一人在家了，躲进
角落，和花蕊
交递目光，给彼此
镜头和颜料
赋予骨骼和生命，可能我
的确有点儿不解风情，拍照
不懂取景，涂鸦不管布局
仿佛心灵，并不如
身体，成熟得很快，可能
医生也不知道，
我的躯体下
还有一头幼兽的古猿
就在心跳的位置
它一直在锤击我，像断奶的
女人锤着岸边摊开的衣物
有时候它卧在
我入眠的身姿里，也在
咳嗽时不停
跃起，又落地。
包括我在内，没有人能驯服

它，只愿意注视着
花蕊，摇晃不定
找到点共情。

莲心帖

摄影师取景于一只孤蓬前
像是找出城市印象中最脆弱的软肋
频闪的目光抵达莲心，水细琢出
的极致，在滤镜间全部瓦解
几枚苦凉的莲子，被归入那些
孤掷的硬币，和自然的一场博弈，
房屋需要树冠的安慰，我们在两棵
青树之间，架好帐篷及睡袋
因此梦境中失去了家具和护栏
我们像只存在于血缘里的灵魂
对造物服输，当我们从莲子上镊取
苦不可耐的那一部分，似乎就
可以咽下它的鲜腴，在滚烫的惊叫中
欲望虚构的那幢松木公寓，崩塌在
水波某次悖于蜃景的折射里

空荡的订奶箱

想象的行李被他搬进童年的房间，
那幢居民楼在记忆里闲置着，
每户门口都钉上了一只订奶箱。
绿漆的铁皮门已经变形，
唯一的插销也是坏的，他徒手撬开
仿佛在为空荡的壁龛添火，让它更好地
照进另外的晦日。最后那个早晨他的
母亲不再要求他去取奶，
他是个大孩子，现在，他的肩宽
足够承受两只乌鸦在上面休息。

离开前，老送奶工背起他少年的影子，
消失在楼道尽头。离开后，
他衣领渗下的汗渍将他身后的形象
染黑如无数喝牛奶的少年一个紧挨着一个。
他自己的插销也坏了，
成年期敞开了那扇废弃的铁门，在订奶箱
空旷的黑暗中他走进房间试着
给母亲拧开了厨房里的煤气罐。

人生如寄

妈给我寄了块皂角
她说握在手里，可以体会
一个活着的人，和一个死去的

起初是失去一些棱角，以及
无所谓的细节
然后是轮廓，形态，甚至是味道
我走出浴室，只能想到这么多

不久前我用一块完整的香皂
洗净衣物。在掬起泡沫的瞬间
我想起溪水、一群羊和坟丘
睁开眼睛，它们沿着盆的边缘
溢出，慢慢沿着佝偻的方向流失

再次瞑目，我知道那块皂角已经
像阳光照进我的身体，长成
我脂肪的一部分

晾衣的阳台离斜阳不远，适于

袒露自己的启示：
皂角是可贵的，皂角
是生命的肤如凝脂。

白云饭店

他们从饭店走出来，
抚摸着
自己的肚脐，
饱腹欲得到满足，
想起，尔时
脐带系在
他们妈妈身上，
没有谁担心
饥饿的痛苦会发生，
没有悲伤的概念。
直到想起，某些人的母亲
已经拥抱过死神，
额头紧系的那条白绫
是最后的脐带。
他们不安地
摸了摸肚脐，
似乎还在寻找什么，
能够和她们联系起来。
只有肚脐只有肚脐
那是她们留下来的
顶针箍。

壁画

墙外有蜜蜂，宇宙
——木心《末期童话》

砌成的房子 如果没有涂鸦
就不能说是家 五岁的天使们
没有太多的既视感 甚至
一条花格地毯也值得他们
去体贴 偎依 他们只对颜色本身
感兴趣 并借此慢慢凸显
世界最感性最妩媚的那一面
时不时 我就用墙面涂鸦
去参考这个宇宙的相似度
其实我们缺了太多曲面、拱形
穹顶和一个隐者怀抱的弧度
蜗居的壁画师就禁不住在笔触里
容忍了无数朵歪扭的条纹
隆起的部分虚构出狐狸 沙丘
鼹鼠 海岬 向日葵和墓碑
陷落的部分摹拟出蜂窝 盆盂
蚁穴 水井 瓦缸瓮和沙漏

越来越多的轮廓拼凑出墙外的
心电图 我终于在壁廊最幽静的地方
听见蜜滴的心跳 那么轻盈

雨打芭蕉，或坚白论

多年以来，我和朋友
都喜欢雨打芭蕉的声音
趁一个阴天，我问他
你是喜欢雨的声音
还是芭蕉的声音
他想起一段话：
“视不得其所坚，而得其
所白者，无坚也；
拊不得其所白，而得其
所坚者，无白也。”
属于它的其中之一
在他眼中，都是不完整的

我说我只是喜欢雨的声音
从雨打万物的声音里
辨认雨的喙，雨的翅，雨的颈部
雨的羽，雨的爪牙
我只有感受。而芭蕉
某种程度上，和朋友所说的石头
并无区别。朋友瞧了瞧

我，又瞧了瞧天空——

你不是喜欢雨打芭蕉，你喜欢的

就是雨本身。

铜器时期的爱情

是的，我的初恋诞生于青春期，
我们并肩走着那么羞涩，仿佛还不肯
承认我们食物所含的激素远多于任何先代
以致爱的学习变得早慧尽管它只有
爱的雏形。慌乱地搭住对方的手，
我们紧握着让情窦被塑成一件心灵的铜器，
铜原色的反光散出真实
的纯粹，那是最能吸引我们的一部分。
我们呼吸我们行走它的氧化
最终导致变色谁也无从预见，并且
影响了你我对铜器的态度，
你越爱惜它就越廉价，或者另成
感情的一个正比。偶尔还会折纸鹤，
看鬼片互相抱着揪嗓子尖叫，
用醋混合酒精擦拭铜器时刻都在改变。
铜器到处都是，冷战期它们泛出
碎冰的色泽一种蜕成的锃黑
它唯一的力量在于对欲望的压抑，
许多话题没那么鲜亮，当那道划痕
如褪色的激情在器皿表面浮现，

厌倦转化为斥力让我们隔得更远
铜器就放在我们中间，为了使此刻
更有意义，将之绘入记忆的画帧，
高光与阴影同时表达着它的哀乐，
炭黑的一团有着原本的矜持。

安眠咒

马厩里的那匹骡子很快
就要死了。遗言般的那个响鼻
回音里必然有一个韵母
它长着马的鬃毛，它的喘息
却仿佛刚刚卸下磨豆的石磨。

没有人愿意为它立碑。
它死于冬天，像这座
不具名的村庄的祖先。
它的灵魂，驮着它自己
受伤的目光中，每株冷杉仿佛
都有一颗树脂耳蜗。
他们披上雪被之前，还能构建
一个送葬的队形。

这是这匹骡子第一次
回头向南，看见属于它的旧马厩。

忏悔

一口长满水垢的锅
煮过一条怀孕的鱼，一只被割喉的乌龟
一只阉鸡和一头母羊的内脏
搬家时我没能扔掉这口锅
我知道这口锅长满水垢
水垢，是余孽而不是余辜
我一遍一遍地擦拭，一遍又一遍忏悔
傍晚做饭时又看见锅底一处
水垢没擦干净，内疚而生疼
就像菩萨的泪痣，连文火都是
忐忑的。

祭雪

冬日某个黄昏的阳台，我在追悼
过往的阳光
在追悼的不只我，还有一场雪
南方的雪，像冷的骨灰
慢热且沉痛

孩子们知道，生命之间是有默契的
他们在厚雪堆里埋下松果，埋下松树枝
远远看去，就有了人形

远远看去
像肺癌晚期的外婆
也就是那时，我看见雪的一部分
渗入了红泥巴，我们小时候都用尿和着玩
我不是有洁癖的人，我想要那是
一颗蜡质的心，不要是瘀血和挫伤
你坐在那里，如果够安静
杳无蒙冤和火灾，我们就缅怀人间

燎竹者印象

我们同引线一起，捂好耳朵
振聩的发音，从火的喉管不断喷涌
它的受众，限于超自然的事物
凫在禽流感上的鸡鸭，屠宰场刮来破伤风
虬结的枝干悬起跃动的鞭炮屑，
这是终极的悬赏，必有兜满火药的亡命徒
结队地刺探，时间的肇事者
身体里被盗的水分尚无觅处，山洪又将
我们常提的老宅冲走。悲莫不过于，
新瓶难斟旧酒。吸尘器吐纳着不可燃的
灰烬碎屑，而那些焚化不去的骨骼
会是宇宙的乳牙，还是恒牙。
再次腾空吸尘器，那放送的激动
是最后一次。门外又袭来炸响，
偶尔也令人心惊，异样的动静
曾经是一支通往天堂的乐队，
他们的主唱把戒指弄丢了，而鼓手
还没有爱人。果实被无情地催熟
代价是失去辞语之花。早熟的扁桃体
在发炎，他们的尖叫，怀疑与反抗。

高音盘旋处，雁字回时，迢递的声线
硬渐变的一帧远景，卡入辞旧的渡口
相似的迷津再度被命运拨开。

落地成盒

挣落脐带是第一次，哭声撬动潘多拉魔盒
命运是善意和邪念施下的一道咒。

十六岁的射击游戏，落地成盒
里面的补给充满信心，迎接敌手和队友。

第二个十六岁时从脚手架不慎摔下，
碎裂之瞬想起答应过女儿，送她

那只八音盒，隔着橱窗旋转，
在外只能看到它的挣扎，没有歌声

它的音筒布满乐谱的凸点，
发条殷勤如僧人在转经筒旁，铸刻符文。

最后一个十六岁，根根骨头入棺
如临时掐灭的香烟，又被塞回烟盒。

死亡在最后一场电子竞技打开降落伞
落地——并永远成盒。

瘦水，及骷髅幻戏

炎夏迎来了剧终，打伞的
剩下伞骨，摇扇的剩下扇骨。
雨越来越小，风越来越弱，
它们相继蒙上一层隐形的灰尘，
远隔室外的阳光和阴影
并共同衰变，老得堆作一具骷髅
坐在临时戏台的幕后。
新引的渠水，随着源头涨落
如双手间升降的那只提线木偶
没半点皮和肉，有一担苦和愁。
无奈的小傀儡身边，敞怀的妇人
给幼子哺乳。这骤寒的日子
泉水珍贵，乳汁般
在村头店尾汩动。对称的井
这一对，村庄幽深的眼洞含泪
泛送时刻的秋波。擔水人
已经头戴幞帽。双目早就笼上
透明纱袍般的眼翳，唯有
记忆的路线新鲜可辨。
曲径通归处，仿佛造物遣来
的水蛇，在此画好哭妆。

硝

超市冰柜的肉色灯光下，
牛里脊鲜红，
一个老主妇告诉我
这些肉解冻后，放了硝。
以前见过的硝，烟花和地雷。
已经严禁爆竹，世界的雷区
却越来越大。
防腐的肉纤维，
维系着动物的活跃。
股掌间，火药尚有余温，
似乎正有孤犊咀嚼
牧场的露水和草。
后来，我又吃了很多肉，
读了很多书。
知道古人在山洞里熬硝
还有的人，炮制颜料
以鲜血和铜。
也知道了，过量的硝
会中毒、致癌。
如果入眠的心情糟糕，

适量地加硝，会不会好受些。
服用安眠药后，
我想看一会儿月景。
我梦见
年轻的炼丹师们，取走
我们体内的硝。
整个宇宙是一座鼎，
炼制星座和命运。
杖藜的老者，坐在旧井沿
手持星斗，不停地添入
硝。
月亮，得以冷色的那颗。
我们吃生食，以水润唇。
洁净光辉的时段，盖德尔夜
我们是它幔间的紫薄纱。

巫山来信

——给 W

掠过他头顶的，几对飞燕，还有火烧云。
“它们一直燃烧，就好了。烧到天边
至少要，你所及之处。”如果一直这样，
浮云比樱花永恒。从中他得到
爱的启示。他跑进洞底，读写给她的信
向瀑布后的听众。仿佛如此，回信
才足够及时。流水反复地念
幻听成雨声乱作一群细蚁，排好队搬家
在土地沾湿之前，他梦见它们的秩序
竟然情话般完整。生活将在新的穴道开启。
雾起山中，空濛如柠檬水，
块垒凹陷，僵涸的心事被浇释。
相爱的过程，一个灯谜的小暧昧。
认出会更艰难。水汽怀疑我们
是否仅是露水的关系。褪去的时候，
我们呆在原地。云的余烬被吹散，
是花神降临，他的手心被误认为雄蕊。
“我知道如何爱了，就这样，一瓣一瓣的
没有放弃，那意味着枯萎。”

踏莎行

——赠张雨晨

闪电在营地上空绽出自身的肉体
像古老猎人在与黑暗谋皮，
光线抖动，涅白的球茎在夜里
生长成一团余焰，我们在高原低处取暖，
空气缺氧而致幻，煤面的纹理使我
感到一种盲人的安慰，每个凹孔
原始植被的呼吸，必有祖先掺杂，
酿低度酒，终年不醉，整个世界的
磷火贫乏，坚果浆果的亮部，被视为
光芒，日食和双瞳，极端的两种趋光性
预见了未卜的命运，“Hachnissini tachat
Knafech”，[①]躲进帐篷的同时，我们
成形的鸱吻，从殿西逃走，
内心的雷电，像蓍草的分蘖萎缩
而保持沉默的火舌，只有它的
味蕾，能够尝出，燃烧着的
摩西的苦，幽闭于城域的箍筋
如一丛荆棘，挣扎不断，亦无果。

①现代犹太诗人凯姆·纳什曼·比亚里克的诗句，意为“收留我到你的翼下”。

采采卷耳

挖呀挖，从吸干墨水的卷面到选项的沟缝，
犹不能填满一小筐。采采卷耳，
他们甚至想挖出个鸟来也无法充满
这无底的纸篓。还有什么比这更牛，
他的手汗沁出无机盐，作为最重要的营养
不倦地填充着那些鸟不窜稀的空白。
他们的动作僵硬，在鲜艳的讲台和课桌前
模仿太空步，“那些知识的星球像不像
一堆不可即而完美的大饼？”他们放下菜筐
用机械的语气嘱咐道，一定要牵好考场里的马匹
才能将你撷集的全部驮向人生的光明顶。
（他的马匹早就在半路累倒，可能已经死光，
成堆的马骨比他的作业还洁白。）
而变成菜筐的他们慢慢长成最油亮的韭菜，
那里的收割动作更加疯狂更加刺眼。
采采卷耳。被韭菜们嘲笑的仆人走在最后面，
要么在山麓永远啃食劳动的树皮，
要么成为反例的马鞭，策使那些背负竹筐者
更快地去往阶层的树线之上。
采采卷耳。韭菜和竹篓都已经不重要，

他们更在意的是，同一座丘陵
怎样的植物在怎样的土壤能够被激活
被从众的注视所曝晒，怀柔的阳光散开
笼罩如心灵鸡汤的浮油。采采卷耳。
直到现在，也无人摆脱这熟练的驯化
挖呀挖，无人能从山地的垢面
分辨哪些是胡须，哪些又是眉毛。

门镜

撬开门镜盖。
门，独目巨人，追问
界外的陌生。反射
强光，只为了
问得仔细。
猫眼的探望。目光
古老的投石机，
可望的，发射盘。
可即的，牵引架。
滚石步目光的后尘，
比语词精确，不真实，
将我们的厌世，
行春的心灵路障，
一一击穿。
圆玻璃，钝化的
透明齿轮，
拥有好奇的弧形，
善辩的纹理。
门，坍缩时空的风暴，
身在暴风眼，我们
始祖平静。

梨形记忆

梨树向阳的一面，越过篱笆。
我们站成一排，在外侧仰望。
每阵狂风都会触发，落果的喜悦。
每个人捧着一小兜幼梨，
在主人发现以前，侥幸地溜走。
或许我们早已暴露在他的目光中。
而今我路过这座梨园，围起铁栅栏，
受雇的木梯在各处监听内外动静。
梨落声，晚叶凋零，如巨型碎玉盘，
古老的落体。波谷深处有小型核反应堆
正启动。树脂纷纷落下，乌漆黏腻的
辐射雨。记忆的核弹，摧毁着
我们侥幸的罪行。我们未流的泪水，
熔结为一颗颗玻璃体。再次
提起一只梨，琉特琴的形状，
在内心被谱写。孩子唱着童谣，
随着梨子的甜味散出，慢慢被原谅。

黄昏托钵而立

向日葵在岸边追随着阳光，影子旋即
从无限变得有形。
汗水沁湿T恤和皮肤，像一层脱落而
又长出的鳞。把我的肉体
重新在暮色的黄泥种下。普世的熹光，
照在我能够敞开的所有地方。
落日是一只黑暗的钵，而光晕朴素，
沿着黑钵的边缘闪烁。我们不能夺去什么。
细小的纬线为我们的欲望划清界限。
我们的目的，从“得到”转为“追求”。
忘我的代价，可以赎回自我。
星球中间的那道静脉，变得曲张。
斜阳在海里沸腾，水面渐渐猩红。
极致的色彩，一直劝诫我们，
有所求与不求。当我们渴望占有，
它的遮蔽，危险于刺伤双眼的强光。

叙月志

月色没那么美满，我们却可以
煎熬一块同样的黄姜。
姜汤如果难咽，也可以从晚景分割
一些红糖，本质上是甘蔗的精神
继承着竹的瘦貌，蜜桃的血液
这很难得——当然不够
或者说，它最美的一面还不止于此
我感到，心腹间狂乱的纤夫
爱的风暴里，笨拙地摇起水花
不安的波动，令它怀疑
对于水的吸引已经是，旧本事
新鲜的是，身体的波浪
得益于一股沦陷的力量。
记者们闻讯从气象台赶来，
摄像头下的真相，仅限于同一暖流，
穿越岬角，使两块大陆拥抱。
类似爱情的学说，纷杂得几乎省略
我们却愿意被动地圆谎。
实际上，它只是作出一个假设
夜晚这片伤心碧，足让我们

想象彼此的深渊，我没有露怯
而是月光，一失足成山底涧。

辑四

恒温動物

鱼从棋盘的网眼里挣脱

打烊的水产店口，草墩上似乎坐着
几个老鱼贩。而在人群中央，
传来棋子砸落的声音，仿佛
在遥远的某处，虚无的鱼身
被重重摔在砧板。也许
棋手就是鱼贩，尽管
摔鱼的力道需要像博弈一样精确，
但依然不能左右最后的结局。
他们悉心地刮去鱼鳞，掏出它的内脏和鱼鳃，
洗净鱼腔，按照烹饪的需要分割多个等份，
耐心的样子仿佛在进行一种仪式。
但当一切将要敲定之际，鱼
从棋盘的网眼里挣脱，又受冰冷的槌击而晕厥。
而作为棋手，他落棋的迟疑
是另一个选择的版本：如何
让心灵的博弈论跟上世界的概率论
而让自己的棋盘变得像宇宙的星空。
较量带来了悬念。棋手和鱼贩
一分为二，又两手相握，
仿佛要合二为一，与时间默契相合。鱼

从棋盘的网眼里挣脱，死亡
会随着最后几枚棋子越过边界，意味着，
在对弈的下半场里，棋手的
思想疲惫得像那条被槌击的鱼，
呼吸吐出一个个气泡，
半抬的手臂仿佛苍白的鱼眼，
朝向一个无法抵达的半圆。

厨房里的宇宙

厨房里有个宇宙，
那油烟机启动时就像漩涡的中心发明了一条银河。
悬挂的腊肉、静置的碗筷、等待
被洗净的植物，组成了新的世界秩序，
菜刀拍蒜时就像池塘里投进了一块石头。
案板上操持的人，
身体里也许住进了一位上帝，
整理着一切，又让一切
把自己整理进其中。似乎一切
都是自动发生的，但又时刻显露着
他身上的历史：那闪烁的乡村根源
不仅带来了食物，还带来了
对食物的热爱和这热爱本身——
对一切的爱把剖开的鱼身也变成了美学。
宇宙的美学，金属和陶土的
每一粒原子都被纳入了神秘的符合论，
在长久的弯腰中抬起了头，
说这间厨房在他的彻底投入中变大了，
大到无限，真的像个宇宙。

过冬

一条从北方寄来的毯子
（某只动物的毛皮）
被折叠在沙发扶手上，便于夜读。
它比宠物更加平静，比织物更加温暖，
我甚至能够想象它的肉身
仍旧跳动着生命，在我手掌
血的跳动中，和我一起呼吸，起伏着脊背。
我还没弄清它是雌是雄，
但似乎死亡对它是一次温柔的过程，在它
倒下之前，尽管嘴里还衔着晚餐的食物，
以及食物中的一个家庭。
文字否定了诗，而诗
否定了它的存在。当我抚摸着这身皮毛，
当诗写出它的名字——不！
那只是一个种类，精灵
就会在积雪的树枝上失去它们的舞蹈。

如瓮之年

祖母的身体因意外和衰老而长出了金属。
不止一次，她嘱咐我们，
下葬前，要把这些身外之物，
清出她的骨灰瓮。葬礼上，

我就这样抱着它，这是她——
我的祖母在这个世界上最轻的质量。
她要在燃烧后变成世界的孤儿，
才能在泪水中
重新成为一个少年的祖母。

冷却的骨灰也许已经在瓮中
被锻炼成了仪表，指针连接着
世界的时间，我抱着它，感觉到了
里面的跳动，似乎她的灵魂
也需要我这样的搂抱。

似乎这是深刻的脆弱，告诉我
她曾经的胸膛其实是我的债务，
等着我今天的偿还。

“火是如何牺牲的？”

“火是如何牺牲的？”
引线尽头，是声音的风暴
灾难的灾难，摧毁了枯萎的心。
那些灰烬，被清洁工当作爱的无机物
埋在虎皮兰的花盆口。
爆炸得如此突然，导火索
随着火花缩短，仿佛灵活的响尾蛇
钻进树穴，寻找其猎物。
泊在路口的轿车，因受惊而鸣笛警报，
而同样的声音，发生得更早——据说，
独角兽从青苔遍布的石柱挣脱，
披着白兽毛，误闯人的村庄，
在炫目的光焰和震耳的巨响间，机械地哀鸣。
实际上，喧嚣如此也许是段失踪的时间，
当年兽躲避，烟花
在人类的村庄与森林之间升起幕布，
人们离开他们的工作，回到家中，
走向丰盛的食物和晚宴，火焰
将在持续的喧嚣声里，
“在死后继承了天使的事业”。

在陵园

他的重心，在碑前
降低，再降低
身体里有一只降落的信鸽，
给永眠的外祖母
捎来家信，
“幸福与我们同在。勿念。”

他在碑座摆开
一小排什锦糖，如此整齐。
剥开其中一枚，他想起
几乎未能谋面的老亲人
给他系过，
人生的第一粒衣扣。

如何赞美一种生活

选取晚餐所需的冷冻肉后，
他发现，卧式冰柜的玻璃盖未合拢。
“每消耗 2052 度电，相当于
燃烧了一棵树。”商场的巨幅广告牌如是说。
当拉盖被挪动，叩响如此镇定。
一枚图钉，也这样被种植在地图上。
肉汤喝罢。他听到播报：特殊的可疑人群
将到遭遇过山火的荒岭开拓。
坐在阳台的藤椅上，他知足地看着
这座城市，某些欲望依然存在。
某些动植物还不能驯服，它们饥渴
然后变形，变成焰状，最后回到
磷火的形式。

饲蚕和作茧

灯罩内的飞蛾被烧焦成标本，
直到更换灯泡才被发现。
房间悄然变暗的瞬间不知是在何时发生，
但流失的光焰
似乎用一种冷意带来了春天的信息。

一场晚来的春雨，一场迟到的潮汛，
仿佛会有什么奇遇接着就要来临。不如
去踏青，不如去摭集桑叶，
饲养那古诗中微弱而恒久的小小生命。

飞蛾留下了它的子嗣，
破卵而出的小蚕细若游丝，
每一只都在阳光下颤动着，
仿佛灵魂还没有住进它们的身体。

多么神秘，又如此令人惊奇。
当眼睛凑近桑叶，脆弱的蠕虫的身体
让你想起进化论的一个环节，
而别人却告诉你它们的生命是首诗。

桑叶被蚕食，细听像在下雨，
无限的多边形曲线是道数学题，考验着
两千多年的欧几里得
和后来的笛卡尔为宇宙赋形。

当它们的身体变得肿胀而迟滞，
那无限的边缘将变成唯一而漫长的丝线，
像台打印机一样吐出一个房间：
它们在作茧，也在死去。

温暖逐渐聚集，同时开始消散，
生命的母体将全身的皱褶硬化为自己的铠甲，
羽翅秘密地长出，像是藏起的刀锋，仿佛
生命的全部意义就在于
最后突围的时刻那致命的一击。

赤手握住燃烧的雪

趁我不备，风举起小雪花砍向颈间
抵达脊髓的冰寒之痛，忠犬般反复舔舐
这隐形的刀口和伤口。
不由得把帽檐压得更低
我们掬手承住绒雪，这几两碎银
在最贫穷的寒冷里蒸发作泡沫，莫须有。
小晶片越来越频繁。宇宙深处
似乎真的存在这样的碎纸机
噬入罪己诏，纸屑和齑粉撒向我们。
赤手握住燃烧的雪，无限胀起的手
丧失善恶的知觉。
有权保持沉默的人，最终选择了谎言。
雪的余烬深陷在手上，痛苦的骨刺
久不能拔出。
两种不同的疼，永远地折磨对方。

荷塘里的莲藕

枯叶适合欢迎远道的游僧，
但凋谢的季节并不能阻止命运的索取。
芦草被捆为蒲团，而残存的枯荷
作为世界的一种剩余适合成为一首诗，
或者无数首诗，只为季节里的雨声
探听到了淤泥下
同样空心的莲藕。
这是它们的秘密，如果那游方的僧侣，
骑上一匹快马变成了风，
洗净的莲藕就会变成图画里的江湖
——牵线的幻戏骷髅仿佛是在持咒。

我曾在夜晚这样孤独度过

落地灯的光晕中，一株水仙
的茎部在糜烂，也意味着某些
细菌的生长
那些咸涩的黏性，如乡愁里的儿童
含泪看着过期零食。
同样是面对失去
我却如此窘迫，便利店里
没有花枝剪，锋利的厨具
过于粗蛮，裁纸刀太抒情
可能在后一秒，我将失手打碎
盛开的玻璃瓶，玻璃的
枝与叶，伴随水
在体温的升华中，扎进
局部麻木的皮肤。惊惧和悸动
被渐渐地沁出，仿佛诞下
一只谙于纺术的微型蜘蛛
在牵丝之间，梦见宅基地的儿童
高烧不退，温度计碎成一张蛛网
如此完整，因为疾病，我戒掉烟
断了酒，没有人物为我虚构

为我心忧。剧毒的水银映出我的
身体，二百多块脆弱的金属
为了防锈，一直在互相摩挲、吻舐
在如初的水仙里，忠贞如两根肋骨

我又该如何反刍记忆

总在浓雾中，我们相继出入
把对方想象成两栖动物
（一个灵魂又该如何承载两个身体）
当我们像初逢那样握手，我们
长出翅膀，还有鳞
幻肢痛一阵接一阵，这是一种母性的
痛，能够具体到一个女人
水牛在反刍整个春天的时候，她摘下
桑叶，饲蚕缫丝，泄露天机的阳光中
就像“一株伫立在金色尘埃中的橄榄树”
那棵长在窗外花坛里的橄榄树，经常
引起孩子们的叛逆、虚荣和攀爬
或许这棵树来自某个沙漠，而孩子
来自绿洲，毕竟生活只是逼真的蜃景
我们暗恋着的穿越机、遁地术和时停
如今却闭口不言，唯一的童话点燃了
我们的烟，而记忆犹然熄灭

如此简单的纪念：夜晚
陷入了绝对主义的光滑，黑钟面上的

流星和时针保持平行，这已足够隆重
虽然历史仍无懈可击，一头心衰竭的
水牛浮在半涸的银河里，洗心革面
它可以反刍整个春天，多年前的春天
甚至是青铜打磨出的春天
那里有一个词语未抵达历史和印象
春天或蚕，橄榄树……直到我知道
我该如何反刍那些止于永恒的火焰
一朵叠瓣玫瑰，凋谢一层
又绽开星辰，可能是茧，可能是蝴蝶

一镜之隔

那面照衣镜碎得很突然，少了上半部分
让驼背老人产生了年轻仍在的幻觉
玻璃跟着他低下头，透明能够
撑起他的整张倦容，如时间之蜩
承在忍耐的掌心。智齿被衰老
反复地蛀，牙床变成一块
没有石碑的墓地，那间主卧室
已经很久没有做梦，他抱起一幅遗像
沙发像下陷不停的沙漏，越深的
时刻越冷暗，金属相框被捂出矿物的温度
温润的玉器在打盹中碎了
老人着凉似的裹紧自己，拄起
瘸腿的拐杖，他用五指触及
玻璃和冰凉，一生也没料到的是
镜子是那么薄，熟悉而未卜
仿佛与来世，仅有一镜之隔

恒温动物

五月二十一日，妈妈做了白灼菜心。
水仙未开，蒜薹小满，
从玻璃两侧的雾气就能猜到
户内外的温差恰巧等于人体温的一半。

我试着去揩窗玻璃，但视野只能
更干净，而不能更清晰，或更开阔
这和净化灵魂是一样的
我们只能增减衣物以适应冷暖，
却不能改变自己的身体以度过寒暑。

恒温，一个饱和的词，一具肉身
以命令的形式要求精神溶解它的乖戾，
只有隐忍才能析出结晶。

我坐在桌前，小心地剔出一块
焦煳的菜叶，似乎它是生活中多余的盐粒，
需要特别的对待才能消除其中的苦味。
“你穿这么少，不冷吗？”妈妈说。

晚餐静静的，头顶的灯光像地球在转动，
妈妈的疑问仿佛恒温这个词
在室内的温度中展开的自我陈述。

“火候刚好。”我回答。
心不在焉的样子就像已经被窗外的风景吸引。
不只是她，还有窗外的半个身影
正在我的思想中离开，一种消逝的感觉
维系着恒温的身体在退烧以后
对整个世界的朦胧。

蜜獾之心

这里的采光不好，一楼的老人
遛狗时对我讲，他的性格影响了
那间出租屋
使一幢小房子变得内向，也可能是反过来的
他的驼背像那道褪色的彩虹，在宇宙边缘
攀附，那些被雪覆去的光和声音，此刻
被全部归还人世
一头随时可能降落的座头鲸
曾经谈起人类，惦记它皮肤下那层没刮去的
体脂，刮成香皂和蜡烛
而它已经
燃烧了自己，用身体
点亮身体，也是亲情的意义

每个鳏夫的晚年都是生活的惯性
有那么一瞬，肉体越来越松弛
成为灵魂最后的负荷
对他而言，时间并不是必需品
在晦涩的房间久坐，而且隐蔽
仿佛活在

所有人都失去过的闹铃时区里，像蜜獾那样
鼻翼循着蜂翼，不愿弥留于林阻和丛野
蜜獾热衷于孤独的甜度
我们也有值得追随的蜂巢

停电夜憩，或催眠术

冥暗越静，与世界的疏离感
越小，那盏亏电的台灯
每隔一段时间，都在降低
卧室的可见度，直到
我被整个夜晚孤立
像一只在隐遁中复活的鹤

储物间里一定有未拆封的
蜡烛，但我决定不去找它
有朝一日人们将焚去
我的遗物，飞蛾将继续反噬
死亡燃起的小焰
（无法抵达的红珊瑚）
余烬中必有一只乌鸦要啄去
灵魂的孤独和多疑
我不再想象夜里那些
无可洞见的未知之物，静静
忍受每次澄清（盲目而纯粹）
我将漂移向时间之外，化为
一座岛，并开始羡慕

养龟的人，划火柴需要很快
压抑下的轻阴郁当然更快
只是易燃的情绪
在停电时更亟待我们熄灭

动物园

后来我越来越讨厌，用嗜好和审美
去成立一种规矩，尤其在栅栏里
那些铁笼钳制了犄角和根须
蔓延整个森林内部，就像那些年
要讲的每句情话，都要悄悄地说，以致
你每个富于观赏性的动作
都被我看作手语，一句口齿不清的话
在长颈鹿的胃中反刍着
我赶了夜路来这里，把月光烙在
我的镜框、臂章以及一切反光
的事物上，劣迹斑斑，
像那种古老的黥首，
最忧虑的是禽类，流感复兴的时代
我都在靠近，逼它们扑腾起来
而另一个受惊者，时而
是如虎添翼的我，时而
是插翅难飞的我。
不出意外的话，我一直以
后者的身份，混在人群里，一声不吭

少年游

途经这段路的骑行，每次
都小心翼翼
道旁侧柏长着蜂巢，和雏鸟
在疾驰的货车盲区里
啄食面包糠，一旦
有羽毛凋零了
我就看到满地，刺透我的箭镞
受过多年时间的蜂蜇，骑行的
我，途经行道树时，仍
不自觉地，减速
仿佛不远处
梦中的孔雀，在朝我开屏
每根羽毛，都有感泣
和自尊的形态

诗歌课上的春困

小儿童哭哀哀，撒下秧苗不得栽。
巴望老天下大雨，乌风暴雨一起来。
——昆明民间“求雨谣”

托着腮在课桌前打盹而老师仍以统一
的声调带领同学们朗诵一位难民的诗。
鸟怎样筑巢他便怎样用茅草搭建，
鸟如何接受世界他便如何发现新垦的地里
草丛的花形显出杯状并且斟满雨的奶水，
尽管这些他通过渔船的某束幽光便能预知，
为了遗忘战线与旱灾他依然表现得惊喜。
一个穷老头压抑的悲伤被他们念得像
激情的演说家，但我宁愿继续做梦，继续
那场时而温和的噩梦——那场雨实在可贵，
在几乎绝育的大地上它简直是
天空最后的孕吐甚至比灯油更必要。
念到这里课铃便被摇响，我们惊醒仿佛挨了
一记闷雷，而远处的作物还没有发育，
仿佛那场雨一直将它们摁在土里。

我们从未诅咒过生活

田园犬每夜蜷伏在卧室门口，
巨兽般的投影，守在临床的壁间。
它垂下耳朵，噬掉我的惊惧。
绝育的那些天，它总在凌晨失禁
狂吠不止。出于疼痛和人们的恫吓。
它潮滂滂的，如砧板上的那尾鱼，
有人需要俎，它需要鳞，
以我们无限的占有欲，这一切还不能
各取所需。未知的双手，抓紧
时间。交换彼此的忠贞和信任。
那晚它在我怀里离开——只有一声
呜咽，我抱起一小堆湿泥。
时刻都可能转世为瓦猫，重现
在它趴过的窗坛。它没有
责咎于我。在自家果园的深处，
我挖出一个适合
栽合欢树的坑，又填满了。

下碗面给你吃

一人烹煮早餐，不自觉地面条
多下了一把，面汤沸腾
像几张嗷嗷待哺的嘴巴
需要一个父亲来面对
而我是儿子，就像那头羊羔
永远站不到羊群的最前面
他稳定地搅起面条
碗筷平安，亲人健在
欲雨的上午我端起这碗面糊
像从头注定的失败者
像曾经在喷泉边，和朋友
打水枪，一边发出狼狈的声音
心中早已换了膛，对反抗
和自立充满激情
这碗面就是一样证物，
葱蒜之白，在我身上轮回数年
生活的黑，亦如此胎死腹中

藏锋

脊背在习惯负重和鞠躬之后
才甘于成为一把弓，
一只受惊之鸟
在慌乱中它不清楚，是敌是友
是隐忍还是退缩，递出一把
出鞘之刃，要把刀锋朝向自己
送出散着花香的情书，
也要把带刺的一端朝向自己
我本来就如此驽钝，
应该把斧锯藏在弓身里
应该对受伤的人再真诚一点
我终将端起酒杯，
相信影子，拥抱水蛇
或许有我失去容身之处的一天
紧绷的弦，你我的皮肤
忽然就松弛了

心肝

再也没人这样喊过我
像是一种血缘的内心灵犀
再也没人情愿把我当作
身体的一部分，曾祖母
以前就是这样的人
糖掉在地里，她捡起来
揩干净还继续吃的人
甚至忘了所有的熟悉与
陌生，仍不时喊着心肝，

心肝，心是爱的雀跃
而肝，分泌幸福的胆汁
在殡仪馆那天，她的心肝
变得像那些石头一样惨白
紧随在她身后的是我
身体的一部分，被爱的
和被命名为爱的那部分

鹤唳

不是年老后，才意味着登高、挎望远镜
高处的人烟杳无，远处的人烟渺无
就在失去的开始，我显然游离了
那些不爱说话的地方，咖啡厅里
背景乐，掩住了杯中的啜泣
每个地方都有沉默的安全感，只有
人，还在小声去疼，小声喑哑
在碰杯的边缘，涕泗横流
就连爱上一个人，都得小心拭掉素描的
五官。我孤立在丘中，最后一次
栽去土地的深度，在疮痍的琴箱里
豁出这条命，琴箱，就是洞房
每尊石头都是没有磨琢的菩萨
每阵风啊猎猎不止，双鬓是两匹
分鬃野马，双颊里有两块鹤的
颧骨。那么嚣张，那么乖戾
动物和植物，只顾打滚和大喊
在风里，一只手用来托住风和盘盏
另一只手，和人世间的绝壁合掌
对不朽的葬事只字不提
只字不提，何时饮马，何时又淘米

黄昏嘉年华

在一枚葵花籽里
我试过认出黄昏的塔身，
或者乳房。
我承认，在被嗑开之前
她的容积等于太阳一天的体力。
从胚乳里，我甚至掘起了
死亡的养分，如此蜡白——
久违得像一面古老钟声的额头。
牧羊人的孤独在给
踞于时间上的羽杉授粉，
他告诉我，一千零一朵云
不会有两朵同样的。
我可以想象在南英格兰平原上
一队蚁群在搬动石质的经文
不会有两块同样的。
我看着他的羊群嚼草
像系铃铛的风在嚼羊群，
完全懂得了万物的可塑性。

斫琴者说

出了庙，调整头颅和双膝
好好下山，好好做个琴匠
如果不幸，这辈子只够栽树
栽成的话，再挑日子伐木
砍一大截，削一削，做张琴
剩下的两小截，干脆做成
两把简陋的木椅，如果
我足够有幸，另一把木椅
的主人，是看上我的一个女人
她懂得调琴，弹的时候
不会伤到手指，也听不到树的斫伤
下了山，我才知道，原来
山下的斧锯，锈得那么快

天津记

置身艉部，似乎就进入了
彗星的末端，那束石镞散开
足够击中所有夜晚的威胁
在星群练习隐身的瞬间，宇宙里
浮标全部沉海，暮色未央，
像一艘新漆的巨型邮轮，每封家信
形成无数心事的漩涡，无限的循环中
每个人都将疲劳于失去激情的波形
在摇晃的舱内休眠，梦中的桅杆
更湿润的触感，像岸上某处停车坪
一排排充电桩，外卖员在深夜
习惯地停泊在这里，抽了一截的烟
重新点起，他自欺地想象
一群镖师在饮马的河道里，对酌
洗鞍，想起漫途未赶，长亭更短亭
匆匆掐熄了烟，那些内心的悲观
和英雄们被紧紧敛住，归鞘

村中访旧宅遇翁有感

我们都是烟火邻居……
——吴敬梓《儒林外史》

暴雨以后，抱紧鸡笼的人
八百亩秧苗朝他跪下
他是雨幕前最孤独的王

他背起柴火，去郊外
但怎么也点不着
没有篝火，也没有烟

那种深夜没有谁能安度
在避难所里，他只是说
那时候，好像世界不是琢出来的
是用牙齿，啄出来的。

冶炼

风干物燥，适于人们锻铁
那些灌制雕塑的衣褶和老茧，每个细节
充满温度，只有我们宿醉未醒，
才需要冷却，整齐驶过的出租车
像沸腾的铁水，以我们的行踪和理想
为蓝本，打造一件容器，用来练习
放下或珍惜，当我们开始相信
天有不测风云，以及水无常形，
可盛之物的形状不再重要
箪瓢也好，果筐花篮也好

高速之歌

公路边扬起货车司机们弹下的烟灰
一些农民在更远处劳动，死去的在焚化炉附体尘埃
草木的齑粉模拟着化工厂烟囱升起
惊弓的雀跃，令飞行物的心狂跳不已
臭氧层更暖，天的色调更冷，
迫降的鸟群覆没，在无畏的玻璃
长途的引擎发烫，高烧不退，
风尘仆仆的患者，水土不服，
（井水稀释纸包的旧土煎用）
沥青还在无止地融化，魔鬼的气味
流动着，郁泱的肺叶先被烟草熏烤成黑，
接着高温和嗅觉的刺激，失神的翕动
对称如乱飞的双翅
隧道口传来胎爆的巨响，无尽的黑暗
觳觫如鸣冤的鼓面
回声从陡峭的山体滚下。浓烟，出鞘的
通达远方传唤一位忧伤的证人。

森林游戏

晚自习的男孩坐在商风里默读，书页翻卷
的波动，流入汹涌的纸浆，
十字舵忽然就失灵了。身陷于
素湍里雄辩的漩涡，时间的囹圄
从年轮间一层层剥开，漾满谎话和涟漪。
这群水鬼仍处在变声期，言论无忌
如不识字的清风。林间便刮来共情的掌声
玻璃心般在碎响，那些窃听的松鼠
一直都在抱啃坚果，比真相更滞硬。
教室越来越空缺，人们纷纷走神
比古窟里的亡灵更倾心于
最原始的模样。
尽管不被祝福，也足以原谅。
交耳者被历史罚站，并目睹
青石化为青猿，将桃花咀嚼为火
当全部动作被还原为人的本能
泉的族谱，纹在手臂上。
命运所强调的，不止这一个水源。
曲项的喉结，就不那么衷于步趋
任何瓜葛对语言的疯狂蔓延

蠕动的小树瘤委身于一种孤独的天赋
这葳蕤的止境，比自焚更酷似火灾。
系鞋带时打了死结，为的是
更好追及真理的罅隙
利落如鹰爪，牢牢地深入
怀旧远比记忆的遗产要珍贵
树根有胜于一切的漫长，仿佛盗墓者
缓缓放下自己的悬棺，悬于地外的部分
还不停地盘问天空，旧时光的秘密
仿佛有绝对的信心，保证
石胎里鱼骨和蚁卵的反目。
只有死者的书脊，犹在努力隆起
扼腕，或交叉在胸前。

掩扉记

锁坏了，未合之门，吱嘎反复
似乎门口一直有人，欲言又止

请来的锁匠，可以装锁、修锁、
撬锁或换锁，总在担心，
这样的人，偶然地出现在
某些异性之间的生活里。

后来锁再坏，我已经倦于修缮
只是换了一道闩，如果愿意，
你轻轻一够，一提，然后一搡
就能成为，钥匙的主人。

明月志

几乎是一轮月亮，泪水擦明了
铜鉴、露滴和飞翔的蒲团。
侧目可得的愁绪，不必委屈颈椎仰作
可感的钝角，测绘一座彩虹如何架到故乡。
如寸光阴被掰弯。宇宙的遗孀们掏出针线盒
流星，是金梭还是银梭。
反正要比我们的弧光可怕得多，
陨落的命中率正是在千万次偶然事件中提升
大结局充满了多么绝望的概括性。
猝死的人造卫星疯狂地砸向澡堂，
披裹浴袍的人渴望超负荷，压垮这夜晚，黑暗还在
度蜜月……
短路的电流是湍流。此时，王命急宣
朝发暮至，一直在揣摩上铺的心思
终究多了自己哪一层。
舟行有不及掩耳之势，失控于刺激的方向
沉溺前的最后一念，仍是篡位的阴谋。
“解开他的心结还不如自缢。”
雨脚践行黄衣使者的口敕。几撂茅草拨动光晕
反掌般掀起重复补过的瓦，如旧电脑里

无数个补丁，值于秋汛提醒着你
给我的线索无非是世界所剩的微瑕。
蜘蛛隐隐咬住童年不放，网丝已经结满
在语言无从接榫的小阁楼。
作为电插孔的替身，这诗行间的窟窿
难免漏出一些碎响，据说是有枳花跳楼
寻短见恍若草虫鸣，瘦弱的机杼声
解释着时间传唤的请柬，才要临时缝纫
完美的表情，戴上面具便好赴宴
换盏之际过乎缭眼，舞剑者留下来了
残影越来越寡淡，都已心事黯然
墨水踮起透明的笔尖，光线顺势也任性遣笔
一个未发明的词，孤儿般
够到了架空的那颗苦胆，光频的心跳
尚且滚烫，只是为了启示梦游者
那虚无的线团，有精液般极限的咸涩。

冬樱树

重瓣累累，入赘于西府。袖风散出烧焦的羽毛气味——热量所不能承受之轻。

更幽妙的心理作用，足以替代光源。寒冷，对它们是催促，绝美只是一个诱人的反比。

哀风刺骨，那猎艳者的情欲现形。花式交媾意味着更深的暧昧，手握主动权的，只有爱。

显出泡沫般的浮夸，并不易于浇灭。

犹如柴枝和它子宫内的火，我所目睹的，仅是它的脐带，延伸至凌霄处——弥补我们提灯的燃料。

这枝朱颜未改，而追随了流水的宾客。那枝孤芳，永远要伪装成一个自恋者，应允孤独的请柬。所有都在预兆，不祥和雪。

另一种白色恐怖，给枯木留了残喘的余地。
不凋的也被冲昏头脑，纷纷褪色。几乎失去的光景，树影压缩成一道竖影，壁灯、烟道还是阴茎。

那些孤家寡树，在露滴里看清了那女子的骨相。

爱情见习

雪摧毁了鸟巢和蚁穴，却不妨
我享受这片刻难得的安宁。
缺乏经验的喜悦，还在继续，
我推动雪球，越滚越大
趋慢的身姿，可能变得更迷人
那样一座城市，果蔬不那么易于腐烂
新鲜感不怎么冷却，
你在天桥上纠正我如何拍摄
一帧夜景，如何让情侣的飞吻
和繁星共长天一色。
落在你肩上的雪花，很快消失了
我们不谈论死去的，
爱不会允许我们这么做。

据说雪总是先于我们
听到彼此的心声，
那么这些话留到春天再说吧。
我把红苹果塞给你，
我们都不知道它有没有毒
你未承认它的甜度，只是把它捂热
的时候，你感觉有颗心跳得很快。

旷日记

雨夹雪，还没下够
有的人非走不可
先去幼儿园，去银行、超市，坐公交回家
像关心天气般地关心米价

有的人一走是一辈子
不是意外，是以时针的姿势，一再重复
他们活着的秩序，可以和
植物的习惯
媲美

然后他们在下一个路口挥手
仿佛在道别
仿佛朝出租车司机示意
这是他们的碑文
他们这辈子讲了一半
就没有然后了，像卸了磨的驴

重拟卜居

被当掉的玉碗，已经易主
记忆是一块出窍的石头
心灵的纹理，供人临摹。
为了成为画家，我卖掉缰绳
每天置身于写字楼外的花丛
观察路面上滚动的砾石
最快的是那些光滑的
我才明白我的棱角，
比谎言可贵。不止一个人说
这是玉石，如古老的橘子
需要剥取它的果实。
我需要一把思想的电锯。
剖解之前，就离开这里
在荒凉的某处，它自然地碎裂
信任宿命的石块，陆续
向四周爬去。城区的霓虹灯闪烁
被误认为，完璧的强光。

艺考之后

他蹲在学校食堂的水池旁洗砚，
铁栅栏外的自留地因为长久干旱而裂开了整齐的口子，

米黄色的田字格仿佛要以空白抗拒人们的书写。
水池里的漩涡由深黑变浅，然后变回透明，
而翻涌的乌云在天空预示着阵雨到来。
艺考结束了，而他的忧郁刚刚开始，
似乎寂静中盘桓着一个心病等待疗愈。
树荫下有只壁虎蛰伏已久，不停地
吐出舌头捕食低空的飞蚁；揉皱的毛边纸
从他的书包滑落，田字格变成了大地上的污渍，
又在微风中颤抖着，仿佛要展开自己
朝着操场上的天空翱翔。如果
此刻抬起头，他就会想起考场里的那句话，
“最好的田字格就这样被不完美的形体填充着。”
他们说他写的字是头猪。现在，一头黑色的墨猪
正以飞翔的姿势划过他的头顶，
快乐的尖叫就是对他的嘲笑。一个戏谑的悲剧
让他感到绝望，但同时又跟着发出了笑声，
似乎那忧郁得到了解救，却不自觉地落下一颗泪滴。

附文

当我们的诗行成为幽灵的肋骨

——有关“当代诗歌的困境与危机”的思考

我们有回忆，也还不够。如果回忆很多，我们必须能够忘记，我们要有大的忍耐力，穿着它们再来。因为只是记忆还不算数。等到它们成为我们身内的血、我们的目光和姿态，无名地和我们自己再也不能区分，那才能得以实现，在一个很稀有的时刻有一行诗的第一个字在他们的中心形成，脱颖而出。

——莱内·马利亚·里尔克《马尔特·劳利兹·布里格随笔》

互联网被信号站的渔夫抛向整个世界，而我们不停充当着它的猎手和猎物。一种迫切的生命的焦虑犹如无限的阴影覆盖了我们（这一焦虑并不典型，既不属于荷尔德林意义上的“诗意的栖居”之命题，也不应划入“影响的焦虑”的话题，它是当下发生的，对于自我存在的意义追认，即个体经验受到技术发展的割裂，最具代表性的表现是集体性的失语与表达的乏力），从中人们有了精神性的本能欲求——自虚构当中获取可靠的、“真实”的情感。实际上，日常引发的焦虑与内在的欲望是成正比的，随着物质与信息成倍地膨胀，焦虑亦愈发强烈，同时欲望也变得近乎疯狂，这些要素构成了诗歌写作泛滥的现象，无数相仿甚至雷同的文本变为审美的炸药，摧毁着工业化之后仅剩的心灵景观。笔者无意为私人化写作的动机辩护，也无意证伪其合法性。那些滥情庸俗的诗歌文本，它们在精神和思想方面毫无强度，反而以普遍性的诡辩钝化了人们天生具足的感官。有此背景，我们才有足够的条件对当下的青年写作加以讨论。应当说明的是，笔者作为青年写作者，在后文持批判态度的地方，均属于自我批评的范畴。

在 2023 年 4 月的一次讲座中，一行老师以《当代诗歌的绝境与危难》为题发言。“绝境”与“危难”这两个词语的重量恰如其分地揭示了青年诗人所身负的历史使命，它们的精神属性似乎是消极的，而笔者则倾向于将之认定为一种悲观的英雄主义，这意味着诗歌是“位于死地而后生”的时候了。尽管它的力量尚不足以撼动能够扭转某些僵化的话语体系的机关，但也能在一定程度上给未来的写作提供动力。

有关青年的界定在诗歌的运作机制中是极其暧昧

的，但笔者仍不愿以单调的代际关系进行某种暴力的区分，在此仅以校园身份对诗人的影响为观察视角。不得不承认的是，随着社会的高度精英化、内卷化，能够出现于诗歌机制里的青年诗人几乎悉数顶着校园诗人的光环，高校的层次决定其资源的多寡，并且出于种种因素，“我们现在的年轻诗人可能在30岁连诗歌圈的边都还没摸到，根本没有办法进入舞台中心”（一行老师语）。更重要的是，长期浸淫于某一受限的环境使经验的河流形成恶性的内循环。所谓的恶性体现于对世界感知的薄弱及不自觉的仿造再生，这种糟糕的程式本身具有相当的认可度，只需要对表露个体“感受”的词语稍加调度，一首首完成度极高的分行工艺品即可诞生，其过程在一行老师等批评家那里已经得到充分的论述。当我们的诗行变成现代性幽灵的肋骨时，我们在迎合着审美的消亡和对真理的忽视，徒有的“高级感”几乎是出于视觉冲击与修辞炫技的需要，我们犹痴于让不同的变形的语言去抵达某个短暂的目的——如对词与物的咏叹、再命名，甚至熟知与各个题材相应的切口与终点。这些富于想象力与抒情力度的形式更像是“宗教追求上的一种方式”（扎加耶夫斯基语），因而笔者借助“幽灵的肋骨”这一譬喻刻意营造了一种神秘主义的氛围，实际上也是一个隐在的巨型反讽。

对这一群体最大的关怀，便是精确指出他们的病灶。笔者以病患的身份谈论自身的病因，合理性固然是存疑的，但也不失为一个看待当下写作的切身视角。首先，我们应试图理解如今面临的生活，我们难以再像过去的诗人那样，搦管在笔记簿里，捕获一闪而过的灵光或别人著作间富于启示性的一部分。坦诚地说，我们的日常早已被虚拟的、数字化的内容侵占。1995年互联网普及以后出生、生来就生活和沉浸于数字世界的群体被称为“数字原住民”（Digital Natives）。数字文化经验在年轻人的个体经验中占据了多数的位置，在全球化的影响下，这些经验逐步转化为一种具有共性的集体记忆，也为我们塑造了一个全新的文化心理结构。这并不以霸权话语体系的语言暴力促成，而是以一种真实存在且无法逃避的状态宣示了其成立。集体记忆与心理形态的转变势必使青年诗歌写作者的即兴感受和长期受到的世界反作用也异于前代，这样的精神成长姿态缺乏先例，因而以“前所未有”形容当下的诗歌绝境是恰当的。笔者较反感于假托宏大的历史语境为那些错误添上注脚，历史当然不乏个例，倘若不加辩证，任何学说都能从中找到可靠的依据，却没有提供任何价值。基于如上的自我认识，笔者大致将这些症候的成因归结为认知滞后性。这里所指的认知涉及两方面，一是生命认知，二是语言认知。

不可否认的是，当个体经验与集体记忆的差别最小化，它们之间几乎可以划等号。从正常理解来看，这似乎提高了私人化写作的“难度”，这种“难度”更接近于目前学院的主流标准，相当于精英的文学标准。事实上，几乎没有人能激发出一种全新的语言潜能以掌握这种自我经验表达的写作，有的写作者试图去辨认这个时代阴暗一面的隐晦情感，尤其以婚姻、恋爱的破碎为题材的创作曾以井喷的状态风行过一段时间，而当欲望的风暴过去之后，人们仿佛失去了意淫的乐趣，便投身进入古典文本的想象。这种心理某种意义上也是逃遁性的，诗人们无法直面这个被光纤割裂的世界，也未曾有过理解或共情它的渴望，因此诗人生活的形式并不完整，这种残缺不仅背离了所谓维纳斯意义上的美学效应，并且暴露了心智的缺席——“真实性”的缺席——这种心智应是符合心理预期的心灵图像，而非“中年写作”情结（这点在一行老师的讨论中有全面的解释）。同时需要注意的是，网络在新一代诗人的人生观、世界观的塑形中介入较多，如果文本塑成的形象与网络生活相脱节，这一形象的面目就是狰狞的，充满对于未知表达的恐惧。随之而来的便是语言的问题。不久前，笔者曾与一位朋友交流过 20 世纪 90 年代举办的一场高校比赛的获奖作品集。毫不客气地说，那些文本的异质性与陌生性并不逊色于当下的多数学院诗歌，这当然存在个人阅读的主观性，可也证明了一点：我们的诗歌语言并没有较明显的转型，本身就与大语境的更迭不相称。这便牵引出一个鲜有人提及的话题——语言的进化。许多写作自觉性较强的作者已经注意到了这一点，他们的文本已经显现出许多新鲜的形式与腔调，以符号的表征捍卫着审美价值的“处女地”。笔者并不认为语言在代际变化的过程中需要相当的效率，而是认为应当有一定的整饬与克服，诗人的天敌是自我，语言的局限性也就回应了“带着镣铐跳舞”的艺术信条。

其次，还有一些次要因素也有讨论的必要。第一是阅读与译介的明显断层。20 世纪 70 至 90 年代的诗人能够读到的译本是 30 至 50 年以前的作品，而在信息革命之后的今天，我们犹在阅读 30 至 50 年以前的作品。经典文本的汲取固然重要，但与同代诗人的横向对比所带来的动力在我们身上却极度缺失。倘若这是出于资源的垄断，那么当今的写作氛围甚至比预想的还糟糕，好比在一个看似更无限的世界里有一只强硬的铁腕有意地蒙住诗人的双眼。第二，青年作者的主要写作动机在于获得存在感和认可度，而当今诸多诗歌的竞技（刊物竞争与奖项游戏）充斥着大量同质化甚至是抄袭仿写的文本，这意味着作品本身是平庸的，现有评价机制在逼迫着写作者阉割那可怜的心灵，使本能的诉求、真诚转向一场迷狂的感官戏弄，这对于真正让身心沉潜于词与物之下以及那些有该种倾向的作者无疑是沉重的压制，以至于整体写作氛围变得如此低迷，泪水已经从心灵的一滴汽油变为廉价的再生湖。第三，当今许多主流的评论在文本表层与能指、所指的谜团上进行没完没了的议论，整个批评体系也充斥着冗杂的标准，其中一些与审美价值的基本追求都是相悖的，这几乎可以被视为一次批判的缺席。许多站在制高点上的精英学者表现出一种知识的傲慢与道德的轻率，他们在神化、污名化或是物化众多无辜的青年作者，将之驯化为门派的学徒；大量有失偏颇的言论被强行附会于作者身上，犹如一个虚构的深渊，往往让作者沉溺其中而无以挣脱。

最后，笔者再次以病患的身份提出一份仅仅限于假想之中的写作方案：可否存在一种属于数字原住民的新型诗学？姑且将之命名为“第九写作”，指将新兴的第九艺术作为精神的另一溯源（不可否认的是，青年一代从作为不受公认的第九艺术的电子游戏之中得到了理想的安慰与心灵养分，其对游戏的迷恋正如20世纪的诗人对电影、文学与哲学的渴求）。游戏作为一种艺术的正当性理应得到承认，它善于借助电影的失焦手法、假定性技术手段、形象思维等技艺来构成每一帧画面，以保证剧情叙事流畅，让玩家获得沉浸式的游戏体验。此外，一款精致的游戏通常在人物对话的设计里也具有许多文学色彩，作为人类全新的感知媒介，它迅速取代了过去传统的艺术门类。可以注意到，游戏作为人工的创造，与其他艺术一样有迹可循，即便它的虚拟性在挑衅着我们的表达，但从它步入个体记忆的那一刻起，属于它的语言或许就已经潜在于某个黑暗的场域。而“第九写作”的困难也需极大的语言天赋与勇气予以克服，许多数码相关的词语受到数字原住民的戏谑使用或者曲解，而这些词语所蒙上的幽默色彩是轻盈的、玩笑意味的，并不能以“诗人的幽默感”之名简单地接纳它们，在长期的抗拒之下，它们仍显陌生，而理解必须先行于言说，否则便是谵妄的诳语。思考其对于生活的作用与反作用都是必要的，当这一切都得以解决，则需要一种更富于变化的形式嵌入，维护眼下的词语秩序是远远不够的，正如一行老师所说，词语需要重建起新的伦理。尽管亚里士多德认为，“在孩子们尚未长到能喝烈酒的年纪之前，不要让他们看讽刺作品或戏剧”（见《政治学》），但笔者依然欣然接受这个世界的真相提早的降临，肮脏的言论某些时候并非肮脏的行动的先行，反而让我们发现了爱和天真的可贵。诗应当服务于美的活动、真理的显灵与爱的原谅，而非人世为道德而道德的陈规与修辞学的玲珑。我们应直面惰性的语言积习，直面我们本能中那动物性的一面，以异常冷静的态度与信徒般的敬畏看待正在被消解的第九艺术和其本身的意义，目前这已成为笔者突破写作瓶颈的一个方向。尽管笔者目前没有在此方向的语言实验中取得任何进展，但依然肯定其作为诗歌出路的可能性。此外，一行老师先前提出的“原木的诗歌语言”，一行老师和楼河老师提出的“动力诗学”以及世宾老师倡导的“完整性写作”悉皆极具未来的诗歌启示，在抵达的过程当中，这些文论都从不同的角度提醒我们，应时刻保持精灵般的写作警觉，从一套套公式与美学谎言里跳脱出来。

访谈一则

提问者：安徽外国语学院学生 陶志航、凯睿

受访者：冬千

1. 问：首先想请您以一位青年作家的身份，结合自身的创作经验谈谈您对文学创作的看法，以及您选择成为作家这条道路的内在原因。

答：文学创作的话题太宏大，我的写作主要在诗歌方面，就姑且谈论对诗歌创作的看法。实际上，无论是柏拉图还是特里·伊格尔顿对文学或诗歌都不曾有过一种清晰的界定，各种理论范式和量化的评价标准也都一度受过时间的修正和驳回。陈丹青说，现今科研的标准占据了人文学院的表格，这是对艺术深刻的轻蔑。我很赞同这样的说法，如此看待艺术不免有些卑鄙。我尚是个智识和阅历浅薄的作者，可也笃定地相信，每个民族最真实的生命状态有相当的比例从他们的壁画、器皿与史诗上反映出来。借用俄国形式主义的观念，诗歌创作是感受的过程，其中一定伴随

着心智造影的生成，因而我认知到的诗歌创作不仅仅发生于书面上，可能在一段节奏、一座建筑甚至废墟之中诗就诞生了。“子曰：小子何莫学夫《诗》？《诗》可以兴，可以观，可以群，可以怨。迩之事父，远之事君，多识于鸟兽草木之名”（见《论语·阳货》）。诗歌功能几乎涵括了我们诉诸万有的一切感官功能，不妨就将诗歌创作视为审美活动之一，读者当然也参与其中，正契合了艾布拉姆斯在《镜与灯》里所言：“一切古往今来的不同文学理论，都来自作家、作品、客观世界、读者这四个因素的不同关系和组合”。关于美的本质或美的形象在康德的《判断力批判》、黑格尔的《美学》等论著当中有非常充足的表述，访谈当中便不再细提，也免得因自己的无知露怯。

我成为写作者的动因可能纯粹一些。两年之前我做过一次肺大疱的手术，当时我的家人很难相信已经严重到需要手术的干预，所以在第一家医院签了免责协议。我清楚地记得协议上声称我是存在生命危险的，那时我意识到死亡已经离我那么近了，后来我读到海明威的《乞力马扎罗的雪》将死神的形象描述得像一条鬣狗，曾经那种模糊的恐惧便得以赋形，以至于认为我的同代写作者对死亡的刻画都有些修辞性的伪装。自那之后我开始为脆弱的生命而备感焦虑，慢慢有了思考与记录的欲望，于是不断地写。我不认为写作具有任何社会意义上的崇高品质，甚至与一个失恋的挫败者从AV电影里寻求安慰的行为相似，即便它的精神属性要求它的信徒担起神与人类的邮差之身份。我的这种心理接近于青少年时期的加缪，他很早就罹患可能致命且在当时为不治之症的肺结核，这使得他对大千世界的感受与渴望更加深刻而热切。

2.问：文学给您日后的人格和精神塑造带来什么影响？

答：更早地认清了这个世界的某些真相吧。我们受到的教育往往喜欢把所有的问题简化，我恰好相反，我是一个酷爱胡思乱想的人，文学给我提供了一个正当的机会，感谢文学。同时，写作带来的存在感让我有一个较明确的定位，在极大程度上释放了青春期的叛逆情绪，写作的安静与日常的“神棍”状态让我自身的精神有一种较好的自洽。

3.问：刘勰的《文心雕龙》中说过：“操千曲而后晓声，观千剑而后识器。”纵观整个现当代文学史，哪些作者或作家让您感触最深，在您的创作道路上帮助最大？

答：我起初那会儿读得不多，当时感触最深的是云南的于坚老师和雷平阳老师，前者是语言的启示，后者是观念与形式及写作自觉的启蒙，我非常庆幸出生在一块诗歌的飞地。创作道路上给予我帮助的人就更多了，我按照时间顺序提一部分：张口、王楚、李犁、何小竹老师在 2021 年时对我的帮助很多，尤其是张口老师，是我诗歌生命的牧羊人；去年则是李小松、楼河及一行老师在我的创作方面给予了很大的鼓励和指导；今年又受到雷平阳老师的帮助及教诲，最近也得到了许多我仰慕许久的老师的关注。这个问题可以放在以后倒叙我的个人史时再好好谈一谈，一路上我几乎遇到的都是充满善意的师友，这令我感动。还有许多值得感谢的老师憾于篇幅未能提及，在此也希望他们能够原谅。

4. 问：在市场化条件下，请您谈一谈对作品的经济效益和应承载的社会效益的看法。

答：这是个很难展开的话题。首先我不具备讨论（经济效益）的条件，身为作者我似乎不太关心我作品的经济效益，唯一给我的物质收益就是发表之后的稿酬，这个问题应该交给老作者或是出版界的前辈，他们比我更有发言权。而社会效益的问题则是该不该的问题，这其中似乎存在着某种妥协，即艺术向商品化的屈服，本质上有悖于我们的艺术信条，我更看重的社会使命是如何表达当下的日常经验，这个虚拟的、充满戏谑与荷尔蒙的当下，还有太多未知的话语等待我们言说。最后我还是尽可能地正面回答这个问题。什克洛夫斯基曾指出，诗歌语言应在最大限度上偏离语言的实用目的（见《作为手法的艺术》）。美的实用性本身是一个伪命题，便不必强求它的经济贡献。可能有人会借机讥诮我，如今的网络写作依然具有理想的流量，我的言论实际上是在为文学的脱轨作辩护。由此我想抛出一个问题，那些网络写作的拥趸究竟渴望什么呢？我曾与几个对文学完全没有兴趣的朋友讨论过，他们阅读网文之需要是一种补偿性的诉求，网文是一种超能的赋能，爱欲的超能力、物质的超能力只有在其中才得以实现，个体形象只有在其中才得到极端化的丰满，这种映射现实的强度弥补或缓解了他们在生活里的失意、绝望与窒息感。而文学的本职在于还原世界的真相，还原人类的本能精神，这是一种真诚的美德，至少在我个人的写作当中，我对之（网文）抱有深切的同情，但请原谅我不能为之让步，这是艺术语言最后的尊严。我们联系20世纪80年代的诗歌热潮，可以如此设问：那些迷狂的崇拜者真的是需要诗歌吗？我的猜想同样是否定的，他们需要的是一次合法的激情释放，因为那场特殊的政治动荡，生命被压抑太久，并非大众的审美需求真的到了那一层次。这个问题还需要更深入的探讨，希望我们的对话能够得到更多更有力的回应。

5. 问：您作为中国“第四代诗人”群体中的一颗新星，想请您为新生代的后辈作家提供一点宝贵的创作经验，也希望有更多像您一样头角峥嵘的“锥子”作家能脱颖而出。

答：这个提得夸张了些。如果第四代的说法成立的话，我只是他们当中顽固不化的一块石头，同时我也是新生代写作者的一员，我所讲的都是我希望与众人共勉的。头角峥嵘不如说是棱角分明，在同辈的作者当中，有许多人的起点比我高得多，我才是需要在将来脱颖而出的那个，哈哈。

言归正题，前不久一个诗歌学术论坛以“绝境与危难的时刻”来形容当代诗歌的症候，受到了一些人的诟病，认为未免有些危言耸听，在我看来，绝境与危难并非毫无突破的可能，这样的说法更多在于让人们认识到诗歌危机根源上的紧迫性，实际也不容乐观。最近袁野兄和我提出了一个非常值得深思的问题，我们这一代的写作现象仍是集体性的，这样的诗歌面貌放到 30 年之后的新生代的目光下，我们依然平庸得令人绝望。这种集体性的写作现象大概可以分为三类：泛智识写作、滥情写作及猎奇写作。第一种写作的技巧考究、完成度极高，呈现出极强的文本精致感，修辞也都具有一种极其理想的强度，却几乎没有亮点。第二种，我权且认为是对主流审美趣味的迎合，因其特殊性，不对文本进行过多概括。最后一种是我目前见到最多的，整个诗歌的形式感及词物的设计建立于现代性或者后现代主义的基础上，同时嵌入大量宗教色彩浓烈的词句以提高文本的高级感，我将之与第一种写作并称为情感资本主义写作。这类写作者无节制地挥霍着值得抒写的心灵景观，唯一的目的在于取悦自我，并且这样的作者不在少数，几乎在同一时段同一场域集体性地涌现。毫不掩饰地说，这所有的诗歌都是同一首，最近我在为一本民刊的“00后”诗人展组稿，收到的许多稿件都呈现出这样的感觉。我希望这是一种错觉，我认为自己读者的身份要高于作者的身份，便是所谓的眼高手低，因此并没有太多的经验可以供批评与交流，只好将自己一直践行的诗歌信念示予诸君：第一点，尊重（甚至敬畏）每一首未诞生的诗；第二点，功夫在诗外。我一直秉持此二句持续着自己的诗歌写作，（让各位）见笑了，并与各位共勉。希望早日突破这些困境。最后，感谢安徽外国语学院的陶志航兄、凯睿兄及其他学长一同完成此次对谈，祝愿所有人都能得到诗神的庇佑。

创作谈

愿为天下谿

首先，我要感谢《滇池》的各位老师赐予我这样一个倾露自我的机会。我愿把这样私密性的喜悦视为一种殊荣。

作为一个极其年轻的诗歌写作者，我身上仍或多或少地循环着猎奇、叛逆和追逐快感的青春血液，但是春城这个边缘化的地域很好地消解了这一切。这座城市在以一种云的速度逼停我从众的急切脚步，给我辖域性的孤独以及与之对等的幸福，把大众目光聚焦下的我逼退到一片黑色地域，让我重新发源、开垦与深掘，深处有语言的矿藏和诗歌的泉水。这种向内的写作姿势使我的诗歌内部结构和节奏产生了微妙的转变，也令我的诗歌气质变得有些另类。曾经有个朋友说我的语言绵密，我非常喜欢这个词，因为我钟情于昆明的雨天，以前我经常告诉我的同学，昆明的雨季，对我而言是一道神的旨意。这是极度隐秘的个人体验，我也解释不清，但正因这种感觉（或说感应）在无形中促成了我诗歌的绵密，像雨水那样延展出无数个诗歌脉络。

谈到水，就难免要提及我的诗学追求，即“知其雄，守其雌，为天下谿”（见《道德经》）。很惭愧的是，目前我犹处于“知其雄”的阶段，稍微系统性地浏览我的诗歌，就不难发现其中那些知识分子风格的修辞和口吻，用一行老师的话说，就是“二手语言”（通过借鉴迅速地组合而成的语言，一种速成型的诗歌语言）。这种杂糅而产生的阻塞性对语言是一种创伤，但是对于21世纪的写作者而言，我想这是个无法逃免的过程，即从大量的修辞练习中汲取语言的养分而滋生自我的风格，而后逐渐剔除语言中各类杂质的过程，往往就是我们趋于纯粹的表现。在寻找到那种与自身生命对称的语言之前，我时常将这种修辞上的创造理解为一种对汉语高度的求索和对汉语尊严的维护，这当然不是诗歌的绝技，但显然是语言肌理中散发着极大活力的有机成分。

另外值得一提的是，我在成长历程中，也曾被归类为不同类型的诗人。去年年底有一位前辈认为我的诗歌“不是流行的口语诗，也不是带‘翻译体’的学院派写作，而是韩东所说的‘普通话’写作”，这种具有标签性质的判断很容易让我们落入概念的窠臼，我对这些意识形态上的蛊惑保持着相当的警惕——如果一个诗人的写作体系可以被一两个词语轻而易举地概括，那么也许这个诗人的风格化过于严重了，或是他的写作已经失去了多数的维度和可能性。对个人而言，我认为这是莫大的悲哀，“哀莫大于心死”的“哀”。

我之所以对诗歌有诸多戒心，绕不开对诗歌的“野心”。某次交流会中，包倬老师就半开玩笑似地对我们年轻人说，希望你们有更大的野心。在我看来，诗人的野心是一个矢量，它的方向建立在前瞻性和传统性上，而大小可以近似地以曼德尔施塔姆所说的个人使命和历史使命来衡量。以我对自我的认识来说，我显然不属于那类穷尽更多写作可能的诗人，我更愿意且有责任去履行我的艺术信条——“对任何艺术家和艺术而言，内涵与良知都应先于技巧”（安德列·塔可夫斯基语）。我今年 16 岁，对云贵高原的印象仅限于前辈们说的宝象庄严和人杰地灵，可不得不承认的是，昆明四季更迭的速度已经深深影响了我的语言节奏和生命惯性，即使往后在地缘上无法满足，我的精神也一定是“生于斯，长于斯，死于斯”的，亦有人由此怀疑起我写作的广度与普世性，然而我想做的，就是在这片无限接近神和宇宙的高原上，建构一种工业化文明下的诗性。这并不代表我对于“在我们这个科技文明的时代里，宗教的想象力已经遭到了冷酷的侵蚀”（米沃什语）的现象没有认识和思考，正是因为我相信这片净土上仍有神祇、苦难和牧歌可言，才藉此风土完成一次传统向当代的迁徙，这并不意味着我们需要背叛什么，去创造汉语中新的神明，而是要重塑我们语言的金身，自证我们的神性、感性和真理性，正如“祭如在，祭神如神在”（见《论语·八佾》）所言。工业化对于一个文明来说，就像越冬般残酷，但是汉语和诗歌的体温已经足以熔化钢筋与机器对生活的禁锢。

随着诗龄的增长，我慢慢地也对炫技式的语句无感，这注定是一段返璞的归途。这个进程和水流相似，或许我的归宿是一座峡谷，一亩玉米地，一座化工厂；但“天下谿”相对幽闭而神秘的特质，也将构成我诗歌生命中最富于钝感的美感魅力。

最后，我得从我的身份谈谈自己的写作。我是一个在读高中生，假日之外几乎都过着非常规律的生活，又由于课程的庞杂，我诗歌的秩序感和意象的选择也年轻而没有先例。我为周梦蝶的一句诗着迷过很久：“我选择早睡早起早出早归。我选择冷粥，破砚，晴窗；忙人之所闲而闲人之所忙。”某种意义上，我在实现着周梦蝶先生的意愿，这种苦行又何尝不是海德格尔所说的“诗意地栖居”呢？

毕加索说“我们这个时代缺少的是热诚”，而不是真诚。时过境迁，但艺术的真谛不变。在跳脱于青春期写作之后，我需要更大的激情去奔跑、汹涌，勘破冥冥中生命的真相，跳出我们自身的深渊，而我则是深渊中汩汩无声的潺水。

（原载《滇池》2023 年 01 期）

后记

除了应杂志或别处的一些邀请，我很少公开谈论自己的写作，并且囿于篇幅，很难稍微客观地、系统地向别人描述诗歌中的自我。谈论自己的写作时我不免会感到一种认知上的羞耻，对于自身诗歌文本的判断偶然产生的误差，对于诗艺的某一方面的自我否定或高估，一直让我推迟着这项自画像的工作。尽管早已打过无数遍腹稿，真正面对画布之时，仍有些怯场——透过画布，有无数双幽灵的眼睛正凝视着我。

准确来说，我是从 2021 年孟春开始真正的新诗写作的，之前更倾向于一些蹩脚的古体诗及滥俗的情诗写作。那一时期的写作几乎被我完全否认了，尽管某些前辈认为那是我“出道即巅峰”的诗作，这令我因自己的写作蒙羞——倘若我的起点即终点，那么过程的意义似乎便消失了。不得不承认的是，我在作为诗歌写作者的一面颇具野心，这在许多文本当中不自觉地凸显出来，可这并不影响我内心产生一种反进步性的悲观，我并不否定历史上那些进步的时刻，而是对之持有怀疑的态度，它们几乎都是“狂妄的”，我们无法认定它们是可靠的。出于以上的认知，我通常会极其残忍地否定个人既往的写作，我时常为这种写作变化的频率而感到兴奋与欣慰，它使得我的写作没那么轻率且不易标签化。

作为来自工人家庭的独生子，我的文本当中的某些情感是天生的，我身边充满了各样的现实（尽管它们还算不上苦难），比如某个临时工因饮用工业酒精勾兑的假酒而死在花坛，一群醉汉在厂郊点燃了鸡棚。荒诞的经验启示着我，怜悯与悲哀本质上和爱与原谅一样有力，而那些本能的欲望也并不见得可鄙，反而呈现出个体精神的真实面貌。这些独特的记忆构成了我诗歌的主题，同时我也错过了许多好的立意，因为我对世界的认知依然匮乏，或者说是缺乏参与，我一直笃定地相信，作品的完成度更多在于作者世界观的完善程度。坦率地说，我对于修辞性的想象方面已经满足，并不是说我自以为我的想象力是别人无法比拟的，而是基于一种历史目光的考量，语言的流变是一个进化的过程，单从文本的高级感来讲，更年轻的一代永远是更具有优势的，我一直渴望找到一个生命表达的个例，让富于生命力的形式承载真诚而活跃的情感。

说起生命，我的确有一些比起同代人要特殊的认识，这和我的身体有关。由于先天性的肺大疱，我曾经做过两次需全身麻醉的手术，那些剧烈的疼痛让我一度感受到生命的脆弱，加之家庭的佛教传统，我的诗歌可能便呈现了一种较沉重的气息，以至于某些文本中弥漫着老成的“中年情结”。这也是我逐渐在反思的问题之一，其中最重要的症结仍然在于我们还未曾真正了解自身的悲哀并由此造成了失语与失真。从这一意义上看，作为诗集名的“身如琉璃”是有一定“失真”的，它不太能与其中的那些篇什相匹配，更多的是传达我的一个诗歌抱负与长期的写作目的。楼河老师认为它的特征性过强，容易使读者对作者的形象标签化，这诚然构成了另一个问题。而我做出这样的设定，可能出于一种“颇显己志”的意图，至少它锚定了我追寻生命性、真理性表达的语言方向，也许它将成为一个鲜活而完整的心灵形象的雏形。同时，我对这个词语有一层较为私密的情感，在去年感染新冠病毒之际，我遵循母亲的建议在床边播放药师光王咒的唱诵，不知是否心理作用奏效，我的体温在未服用退烧药的前提下奇迹般地归于正常。而“身如琉璃”正是药师光王佛发下的六大愿里的原句，意思就是身心如琉璃一般澄净。自然与神秘共同呈现了这个词语的张力，遗憾的是，我还没能在文本上呈现与它的亲密连接。

最后，关于这册诗集还要简要地说明几点。它收录了我自2021年至今较满意的140首左右的诗篇，在整理过程中我曾考虑过以时间线的顺序编排，后来决定依体例与主题将它们区分为四个小辑。再次阅读，许多篇什给我带来久违或陌生的感受，个中美妙如与久别的亲人重逢。在此，也感谢我的父母对于我创作的理解与支持，感谢一路鼓舞着我向前的师友们，感谢雷平阳老师为拙集所写的序言，作为一个深受雷老师影响的写作者，这对我而言是一次莫大的激赏，感谢诗超兄的内文题字，感谢孙亚文老师及其他编辑的付出，希望这些幸福的符号变成诗歌的杏子，为所有朋友酿出一坛生命之酒。言尽于此，是为后记。

冬千
癸卯年夏